· 全民微阅读系列 ·

守候一株鸢尾

徐建英　著

江西高校出版社

图书在版编目（CIP）数据

守候一株鸢尾 / 徐建英著 . — 南昌：江西高校出
版社，2017.1（2021.1重印）
（全民微阅读系列）
ISBN 978-7-5493-5057-5

Ⅰ. ①守… Ⅱ. ①徐… Ⅲ. ①小小说—小说集—中国
—当代 Ⅳ. ① I247.82

中国版本图书馆 CIP 数据核字（2017）第 017551 号

出 版 发 行	江西高校出版社
社 址	江西省南昌市洪都北大道 96 号
总编室电话	（0791）88504319
销 售 电 话	（0791）88592590
网 址	www.juacp.com
印 刷	永清县晔盛亚胶印有限公司
经 销	全国新华书店
开 本	700mm×1000mm 1/16
印 张	14
字 数	160 千字
版 次	2017 年 1 月第 1 版 2021 年 1 月第 2 次印刷
书 号	ISBN 978-7-5493-5057-5
定 价	45.00 元

赣版权登字 -07-2017-38

目录

第一辑　喊魂 / 1

故事里的事 / 1

深情 / 4

最后的秧歌 / 7

喊魂 / 10

夜魅 / 13

招魂 / 16

桔子熟了 / 19

年关岁末 / 21

老人与诰 / 24

天灯 / 27

酒娘 / 29

父亲和他的猎狗 / 32

我爹是条汉子 / 35

义犬来旺 / 38

两只狍子 / 41

第二辑　泛黄的粽叶 / 44

泛黄的粽叶 / 44

午后绽放的芥子花 / 47

母亲的烫卷发 / 49

爱的秘密 / 52

谷苗的中秋 / 54

萄葡园来了骗子 / 56

骑廊 / 59

手 / 61

年猪汤 / 63

父与子 / 66

孝顺在线 / 68

摸秋 / 71

向鸡蛋致敬 / 74

银杏愿 / 76

五月槐花 / 79

镜子 / 82

第三辑　最美的情书 / 85

守候一株鸢尾 / 86

初恋 / 88

37 度情感 / 91

桃花巷七号 / 93

紫色花伞 / 96

5 号桌的女人 / 98

海棠红 / 100

谢谢你爱过我 / 103

金玉满堂 / 105

前世今生 / 108

满城遗爱 / 111

最美的情书 / 113

蓝颜 / 116

夜幕下的爱情 / 119

春风里三号 / 122

第四辑　走过一片荒土地 / 126

水流柴 / 127

眼魂 / 130

公牛不出栏 / 133

杜鹃来了 / 135

转角故事 / 138

大佬 / 141

一念之差 / 144

变色龙 / 147

神算 / 150

寻狗启示 / 152

棋局 / 156

钱先生 / 158

西街街长 / 161

万箭穿心 / 164

难说的事 / 167

对手 / 170

拐爷 / 173

第五辑　无人等待 / 176

会说话的鹦鹉 / 177

会耕地的土狗 / 179

菩萨树 / 182

兰亭序述 / 184

一碗热牛奶 / 186

优越症 / 189

广场舞者 / 192

K-one / 194

洁癖 / 196

后羿的葫芦 / 198

主管是咱麦城人 / 201

飞来的黑名单 / 204

化妆 / 207

信任 / 210

无人等待 / 212

被囚禁的夜鱼 / 215

第一辑 喊 魂

这组作品不仅具有文化特征，还有时代性。这与作者生于鄂南，成年后又见证了深圳的迅速壮大有关。古楚地文化给她小小说的灵魂，潘河水与鄂南风土人情给了她小小说语言的质感，深圳与鄂南的反差又使小小说的灵魂与语言得到了完美释放。"故事"是实的，"气场"是虚的，就像肉体与灵魂。灵魂一旦失去了，肉体就没有用处了。也就是说，没有小小说中营造的独特气场，仅凭故事，就是苍白的。相反的，作者用"气场"救活了许多普通的"故事"，使之峰回路转，风生水起。

——高海涛（河北沧州）

故事里的事

导读：诗意生活在别处！诗意浪漫的故事，就是湖村人日常的琐碎生活。最美湖村，给你一双能寻找故事的慧眼。

守候一株鸢尾

我跟您讲个故事吧，一位作家的故事。

这个人姓啥名谁我真记不得了，跟我们所有湖村人一样，我也叫他作家。

作家大学毕业后，分到了一份游手好闲的工作，二十年风平浪静的日子在他天马行空的虚构中一晃而过。尽管游手好闲这字眼谁也不爱听，但周围人都这么说。

忽有一天，作家突发奇想，想到城市的边缘——河水拐弯的地方走走，体验体验另一种不一样的生活。就这样，他来到了我们湖村。

作家看到我们湖村的鸟儿在暮色里叽叽喳喳飞过，湖村的人在伸着红桃挑着翠杏的廊墙下行走，湖村的母鸡站在柴垛上咯嗒咯嗒地高声叫唤，对着他炫耀初生的蛋，他还看见城里的塑料袋从天空飞过，飞累了，都会挂在湖村的树上小憩一会。作家心一动，停了下来。他堵着潘河边撑船的老区，说动了他家河湾边的半边仓房。从此周末钓鱼赏荷拾秋叶，乐此不疲直到冬天。

雪落的头天，作家本来要返城的，老区牵着白狗来旺送他渡河，渡到河中时，作家抬头看着那被蒙上一层黑布的天，对老区感叹：你们乡下好是好，就是冬里黑得早！老区接口说：看天识天，这不是黑得早喔，怕是明儿要下雪。下雪？他一怔，随即大喜，赶紧招呼老区停船返岸。

湖村扑簌簌作响的清晨，作家睁开了眼睛。推开窗，冷凛的雪风一下就塞满了他的颈脖，再抬头，是一窗的白。作家似个老孩子跟着白狗来旺钻出了门。

老区如往日一样在火塘中煨酒——自家酿的晚谷酒。这酒我们湖村家家都酿啊，说不定您也尝过的，比城里的茅台烧口多了。老区的渡船泊在屋前不远的堤上，孤零零地，上面缀上一层白皑皑的雪。此刻的潘河，像一条被囚的银蛇僵卧湖村中，漫天大雪夹着啸冷的风袭向雪地里奔跑的人和狗，可作家全然不顾，伙着一群半大的毛孩子在雪地上打打闹闹，逗那白狗来旺。到鼻头淌着清涕时，老区站在青砖屋前大喊：哎，进屋吃酒喽。

老区的灶头远远地腾着热气冒着香气。作家进门时，老区捅了捅灶上红红的炉火，用地锹把火拨到饭桌下的碳盆里，又指了指灶上冒气的锅对作家说：野椒熏腊兔炖萝卜条，咱哥俩好好抿两口。

作家揉了揉被雪风抹得通红的鼻子，搓搓手坐上桌。老区提起酒壶，拿起一只旧酒碗，斟好后端到身旁的白狗来旺嘴边，白狗来旺舔完酒，老区夹了块上好的腊兔，放在白狗来旺的脚底。在作家目瞪口呆中，又提起酒壶给作家斟酒，边给作家斟酒边说：来旺这小子，有情有义，每个月都会从山上抓几只麻野兔子回来给我下酒。

两人的杯子在半空中"咣当"轻撞过后，老区一口见了底，啪嗒啪嗒地嗑了嗑嘴巴，呵呵笑着，看作家皱着眉把酒一小口一小口倒进嘴里。那股辛辣呛入喉结，作家忍不着咳起来，白狗来旺把前腿架在他的膝上，不安地摇着尾巴。作家心一暖，摸着白狗来旺的头，端起杯，一饮而尽。晚谷酒在胃里翻江倒海地闹得欢，只须片刻，又将人从头发梢到脚趾叉都撩得暖暖的，老区哈哈大笑说，自家酿的，进口呛，不过后味足，冬里喝好哩。

酒过，作家唰唰地挥笔疾书，到返城时，背兜中多了一叠手稿，一叠乡村系列趣事其后被数家报刊连载。

偶尔有湖村人进城，捎了份报，看到他的相片放在报上，就问：嗨，这人是你不？这字是你写的吧？

他打着酒嗝：呃，那谁，长得跟我真有点像……

作家在城里文学界的名气越来越响，连同笔下的村庄。城里人一个劲地赞：嗨，这就是你常去的那个村？好美！邻里那么和谐，鸡啊狗啊都跟人崽子一般。读你二十年来写的字，就数这个系列最精彩，也最感人。作家啊！不愧是大作家哪！

他微笑不语。

只是人家走后，作家耷拉着脑袋一声长叹：唉！什么大作家，那不过是人家过的日子啊。

深 情

导读：曾经的猎人，成为了野生动物的守护者。心怀悲悯。人与自然，相濡以沫相依为命，护生即为护心。

兔饥食山林，兔渴饮川泽。与人不瑕玼，焉用苦求索。

——秦观

我出生的鄂南地区，山高林密，各类野兽世代扎驻在深山之中，紧挨山边的庄稼跟着常遭罪，各村成立的护农小组中，年轻的父亲就是其中的一位铳手。《枪支管理法》实施后，父亲的那杆双管猎枪被公安机关列入收缴之列，到父亲重新持证并换上单管猎枪时，山下的庄稼人开始一茬茬往城里卷，山上的野兽下山无食可觅，也很少再来作孽，而父亲此时的年岁也大了。

庄稼少后，荒地多了，从前热闹的围猎随着护农小组成员一样相继老去。父亲平日里侍弄完屋檐外廊墙角的几丘菜地，余下来的时间，还是喜欢一个人挂着那支老式的单管猎枪上山转悠。只是年岁大后，从前扛在肩上的猎枪，如今被他拄在脚下，成了一支看起来很滑稽的拐棍。而他总是习惯说："转转吧，习惯了咱湖村的山，转转也好。"特别是雪落的冬季，父亲每隔两日，必定在清早进山一趟。

就是这样的一个冬季，父亲遇上了那个人。

那个人，父亲时常在我们湖村周边碰到。笼着雾罩泊着小筏的湖边，袅袅升腾着炊烟的早晨，更多的时候，父亲会在密匝匝被夕阳涂得金灿灿的林子里遇到他，那些橡树、槲树、青杉、松柏什么的，平日里庄稼人家司空见惯的树，在那个人眼里像是镀过金的宝贝。有时他弓着腰，有时会曲膝半蹲着地，伴随着那个人手中的玩意儿"咔嚓""咔嚓"的灯光闪过，有时还会哗啦啦一下跪在地下，样子庄严肃穆，像是要完成一件很重要的庆礼。再看到那个人时，父亲就常常忍不着多瞅几眼，更多时会瞅他背上封得严严实实的洋玩意儿。

那年冬季的雪很大，母亲的阻止没能如愿，反而加速了父亲进山的频率——隔日一趟转成了一日一趟。

那天一大早，父亲又拄着他那杆老猎枪，鬼鬼祟祟地瞒着母亲从菜窖里拎出一条棉布小袋，踏着积雪穿过村口，走上了村后被雪落镶白过的南拢凹。那被大雪厚厚覆盖的山路上，一行脚印直通向镶白的树林子，一股啸冷的雪风在父亲错愕的神情里吹动树条子上缀满的冰挂。

顺着那行脚印，父亲很意外地在南拢凹岔路上碰到了那个人。他立在路边，像似等着什么，背裹里封得严严实实的洋玩意儿缀上了一层薄雪。迎着父亲错愕的目光，他对着父亲笑笑算是招呼，然后跟在父亲身后，也上了山。

父亲拄着猎枪的步子在前方停了下来，他紧了紧手

守候一株鸢尾

中的棉布袋子，看着同时停下来的那个人，折返身向另一座山头走去。那个人在原地仅停了一下，也折转身子跟在父亲身后。

父亲再次停下来，看着那个人，挂着猎枪在雪地上不满地跺了跺，一动不动地立在雪地上望向那个人。那个人在父亲的目视下，后退了几步，复又走上前，父亲的猎枪再次在雪地上跺了跺，一动不动地望着他。那个人停在原地半响，才背着包一步一回地绕向另一个山头。父亲站在雪地中，直瞅见那个人在林子里只剩下一个小黑点时，才折转身向南拢凹的深山走去。

父亲在响午时挂着猎枪空手走进家门，棉布袋中装着几粒不知名的树木坚果，他边拍打着肩上的残雪，边絮絮叨叨地唠着那个人的不是，唠那个人扰了他的好事。母亲见此很不满地在一旁接口："就是没人惊扰你，你平素不也照样是空手回家的。"而父亲听罢，嘻嘻哈哈地笑了起来。对此，我们再一次把父亲所有的举动归咎于他老小孩的心理在作梗。

这件事不久我返城找到了新的工作，应新同事约，我陪他参加一个摄影大赛的颁奖会。

在获奖作品展厅中的一角，一幅叫《深情》作品吸引了不少人的注意：雪地里半蹲半跪着一位老人，老人的慈眉善目，在他的手伸向的前方，是一只灰色的野兔，看到老人，灰兔眼神像极了委屈的孩子，挣扎着向老人挪，一旁的雪地上，一只棉布小口袋散在雪地上，几只鲜红的萝卜露出袋口在雪地中格外醒目。远处一棵枫树，被积雪压弯的树枝下，隐隐有支陈旧的单管猎枪在雪风中飘。

最后的秧歌

导读：最后的秧歌，也是永远的秧歌。传统文化越过岁月风尘，散发着迷人淳厚的光芒。你也可以来，踏着激越的鼓点，扭一段原生态的秧歌，邂逅湖村万种风情。

正月十五闹花灯，鄂南人爱热闹，大多地方都作兴耍龙灯，舞狮灯，唯独那湖村人，一代一代只对船灯情有独钟。

湖村船灯一般以竹篾或木条制成船形，在船体上蒙画布，左右开一孔小圆窗，四周挂上小灯笼、小流苏之类；舱内和外四角装上彩灯，点蜡烛，由一名年轻力壮的男子，藏在船舱内，以安装的挎带肩扛起船身，不停地左右、前后摇摆，表演船在各种江河中航行的动作。船头船尾上各站一人，船头的扮丑角，叫艄公，持花桨摇船。船尾的扮艄婆，打着花扇边扭秧边唱灯歌。

离元宵夜还有好几天，鄂南各村寨的花灯开始沿村耍灯拜年。湖村的船灯每到一地，得到的喜礼都会多过别村灯队。县里一年一度的元宵夜花灯大赛，湖村的船灯也是年年独占鳌头。所以每年湖村开灯河，大人和孩子都会一湾接一湾地跟着赶着看，花灯闹到哪里，他们就跟到哪里。更多的，他们是为了看湖村的艄婆，看那扮艄婆的姑娘水仙。

水仙姑娘扮艄婆，嗓音好，歌声亮，腰肢活。那小步一错，身段扭扭，扭得十里八村的老人齐叫好；扭得娃娃们笑翻天；扭得女人回到家跟学样；更扭得不少老少爷们心猿意马的心儿痒得慌。

随着一曲"正月哪个里来是新哪个春，家家呀户户戏花呀灯……"的歌声中，船灯缓缓飘了过来，在一片鼓乐伴响中正式拉开帷幕，只看那扮艄婆的水仙摇着花纸扇，错着小步一路飘过来。那扮艄公的正权，头戴一顶破草帽，脚跶一双旧球鞋，满脸抹着东一块西一块的烟灰渍，手里拖着花桨左一划，右一摆地也跳进了场。水仙唱一句，他插科打诨的调侃立即就加了进来：啊哟，这是哪里来的妹子呀……他还不时地上蹿下跳，手里的花桨拍拍敲敲，左一桨右一桨，跟着花灯调唱起来：看花是假意哦，依呀嘿，看妹是真情哪……两人的配合，直引得围观的人鼓掌喝彩连连，笑声在整个正月里回转。

脱了艄公衣的正权，洗净灰渍也是模样周正的俊后生，种地打庄稼，在湖村是一把好手。当年湖村人选水仙做艄婆挑大梁时，他就争着抢着要扮丑角做艄公。他们从冬月开始排演，到唱完正月十五元宵夜，双方都有了感觉。

水仙娘看着花一样的女儿经常悄悄往后门溜，忍不着抹眼泪跟几个要好的姐妹叹：闺女大了，事儿由不得娘作主！正权那孩子呢，好是好，只是可惜啊，精精壮壮的后生家，扮个艄公闹着玩了也就罢了，怎就骨儿里也跟着入进戏里像打丑的呢？话也就这么随口叹叹说说，却不知被谁添油加醋地传，变了味传到了正权娘的耳朵里。

那正权娘在湖村本是要强的狠角子，听罢，感觉自家孤儿寡母受了辱，就气愤地拎着菜刀菜板，站在湖村的公众晒谷坪上边剁边骂：自家屁股流脓血，咋还乐意给别人诊痔疮嘞？都说装旦的不嫌打丑的，自己大姑娘家家的，成日屁颠屁颠扭屁股唱出搭人，背梁骨也不晓得几时给人戳穿了。这种货色，倒贴给我做媳妇，我还嫌亏呢……

水仙娘在屋里听到正权娘的当村骂街，越听越不是滋味，忍不住拍手打掌跟出来接口应骂。只是这一接不打紧，本来好好的两家人，当村一架大骂后，从此就断了来往。水仙在娘含泪的百般劝阻下去相了亲。嫁人后的水仙，从此远离了花灯。至于湖村的船灯，还是一年一年地在正月里沿河沿村耍灯拜年，艄婆的角子，湖村人挑上村里年轻漂亮会唱调的小媳妇来演，只是十里八村的人发现，湖村的艄婆小媳妇都只是唱唱，就唱唱，脚不开错，腰不扭摆。

再后来，湖村的小媳妇也不知咋回事，跟约好了般，没人再愿意来接艄婆这个角色了。湖村人只得让俊秀的后生化着浓浓的彩妆尖着嗓子来演。只是那一上一下的喉结，在沿村一声又一声的叹息中打着颤音，直到村里来了一群陌生人。

那伙人的到来，在湖村掀起了一层巨波——湖村的船灯被列为国家非物质文化遗产，并将作为代表去外地演出。

湖村沸腾了起来，这祖辈传下来的船灯，如果能被顺利列入非物质文化遗产，是湖村人祖祖辈辈的骄傲啊！可是，如今的船灯还能去演出么？艄婆角子一角稳全局，谁来演呢？十里湖村，论唱腔，比扭秧，还有谁能胜过水仙？可是水仙嫁了，水仙嫁时当村发誓——此生不做艄婆。

那一晚，水仙娘的院子里坐满了湖村人。那一晚，正权娘约了水仙娘，两人在潘河边坐了半宿。

水仙被娘召回了湖村。可水仙说：娘，我发过誓！

水仙娘说：气话能作数？不作数！不作数！一屋子都附和。水仙仍是垂头不语，手指绞着衣襟，一下又一下。直到一个声音传来：大侄女，婶子我这样扮艄公和你一起演，你看，还中不？正权娘此时头戴正权的破草帽，脚趿正权的旧球鞋，抹着东一块西一块的灰渍笑嘻嘻地进了屋。一屋人面面相觑，水仙娘在一旁跟着扯水仙的衣角。

湖村再次热闹起来，在一片鼓乐声中，一个清亮亮的声音踩着小步又扭了起来。

喊　魂

导读：用虔诚呼唤灵魂，以文字归还故乡。

嘘，你听！娘亲正用深情的乡音呼唤你的乳名！

从我记事起，湖村人便有意无意爱跟我说：你是你爹捡的！

他们说：那日潘河上跑水，鱼跟着泄洪道往潘河下溢，你爹拿着鱼叉在河下叉鱼。那天你爹的运气特别好，岸上摆了白花花一大片。就在这时，上游漂来一只大木盆，盆中放了一个漂亮的女婴，你爹当时就扔了鱼叉，鱼都顾不上要，把你抱回了家。

这个版本初时我并不相信，我们湖村的大人最爱吓唬细伢时说那个谁是从哪儿哪儿捡来的。但说的人多了，说的次数多了，我忍不住问我娘：我当真是我爹捡来的不？娘听了当即怔了一下，神情很不自然，但她随即哈哈大笑起来：你个傻二丫真是捡来的呢！娘接着又说，你爹当时叉了一天的鱼，累得乏，一路抱你回家时手都酸了。

我姐大丫此时靠在门外捂嘴偷笑。

娘见我嘴巴翘得高高的，停了笑，作势找扫帚要打大丫。大丫吓得赶紧往外钻。随后娘对我说，二丫你真是个傻丫头，我都生了你大丫姐，还捡你这丫头片子作甚？你是我亲生的呢。

我立时破涕为笑。

但大丫从此没事时老爱冲我喊：二丫，二丫，你是爹从潘河捡来的野伢子，嘻嘻……

我很生气，几次找大丫打架，但每次都输。

那个卖冰棒的跛子再来湖村时，我偷偷把大丫晒在太阳下晾的新凉鞋提了出去。然后在大丫哭着找新凉鞋时，我伙同大胖娟子他们躲在屋后吃冰棒，叽叽喳喳地笑得不亦乐乎。

娘找到我，盯着我红通通的嘴，又看到屋后那堆冰棒纸，脸色铁青。在她转身找扫帚时，我赶紧和大胖娟子他们一起从后院门溜了。

大胖说：你娘逮上了，准揍扁你！

娟子说：二丫你别难过，我悄悄听到我娘跟人唠话时说，你爹把你从潘河捡来时，你娘哭了很久！捡了你，她就不能再去生儿子了。

我很难过。整个下午，我就躲在潘河的河湾里，玩水、摸鱼、捉虾……到娘找到我时，天都黑透了。

晚上娘还没来得及揍我，我就头痛，发烧，说胡话。我连着几天在卫生站打针吃药都不见好转，每晚高烧说胡话得厉害。娘整夜整夜地抱着我哭，最后在奶奶的劝说下，娘提了一大堆礼物背着我去村头找神婆"三相公"。

守候一株鸢尾

娘从前不信"三相公"，一向都绕着她家走。

三相公把我放在椅子上，又翻开我的眼皮细看，随后手指头在指节上点点掐掐，最后说我被潘河中的淹水鬼缠了身，丢了魂。

娘信以为真，返家就把鸡蛋煮熟，剥开蛋壳绕在我脸上来回滚圈。又把油灯剔亮，在我枕头底下放一把剪刀，然后和三相公一起去潘河，迷迷糊糊中我听到娘的声音从潘河传来：二丫哒！你在潘河吓了回呀——

迷糊中我也听到三相公的声音：回来了呀！

听见娘又叫：二丫哒！你在潘河吓了回呀——

三相公又答：二丫回来了呀！

唤声越来越近，娘走近我的床头，轻轻地把怀中的什么东西放在我的心口，掖紧被窝，轻拍着：我的二丫在这，我的二丫回来了喽！

我在迷迷糊糊中眼泪却淌湿一大片枕头。早听别人说：细伢子在野外失了魂，只有亲娘唤才能把魂魄招回来，别人喊，会把魂魄吓跑，而细伢子也就没命活了。而我，是爹从潘河上捡来的野伢子！

潘河边又传来娘的声音，二丫哒！你在潘河里吓了回呀——

三相公的声音接着又响起……

那一夜，娘的沙哑的声音在潘河边来来回回响起，直到天亮，直到我迷迷糊糊睡熟。

因为这场突来的病，我逃过了一通海揍。但大丫从此记上我偷她凉鞋兑冰棒的仇，更甚地冲我喊：二丫，二丫，你是爹从潘河捡来的野伢子，嘻嘻……

我不甘示弱，也冲着她喊：大丫，大丫，你是爹从潘河捡来的野伢子。爹那天拿着叉在潘河下游叉鱼，那天运气特别好，岸上摆了白花花一片，就这时，上游漂来一只大木盆，盆中放了两个女婴，一个叫大丫，一个叫二丫，嘻嘻……

娘在院中里听到，边作势找扫帚，边比比划划地打着手语——娘自那晚为我喊魂后，声带就拉坏了！因为娘听"三相公"说，就算不是亲娘，只要娘心在，魂魄都是能喊回来的。

夜 魅

导读：这样神秘的湖村，夜晚注定会有故事要发生！每个善良的人都有一个天使在庇佑。生而为人，要敬畏花草树木，敬畏星辰明月，敬畏在夜空中观看芸芸众生的浩缈灵魂。

潘河宽宽的，清洌洌地绕着湖村流淌。

我小时候，总感觉湖村日短夜特长，特别在没有星星没有月亮的夜，黑麻麻的静得人犯怵。我娘嫌闷，每吃过夜饭就喜欢串门，又烦带上我碎嘴碎舌的话稠，每去一家，叽叽喳喳地碎得没完，让娘特不长脸。再串门时，娘就把我拴在屋内，留那台马蹄牌收音机咿咿呀呀地陪着我。

五六岁时我对收音机特好奇，小小的黑黑的小匣子，又能唱又能说。所以在娘走后，我安静地抱着小匣子，听里面的人叽里呱啦讲话，咿呀咿呀唱曲。

再大一些，对收音机开始腻歪起来，娘一走，我也极想溜出去玩。到我晓得拔开门栓溜出来时，已经上小学一年级了。

守候一株鸢尾

又一个寂静的夜，我溜到潘河边闲逛，只有山林间行走的风伴着水响，心伴着脚步一路撵着萤火虫沿河疯跑，偶尔似听得有人喊我："区，小区……"真真切切。当我回头，空空的，不见人影，只有树叶裹着河风一阵阵乱吹。

早前听娘说，潘河里有淹水鬼。仅1979年的一次翻船，掉进潘河里的就有十多人。所以娘常警告我不准夜间近潘河。娘说这些掉进水里的淹水鬼会夜里上岸寻替身。想到这，我感觉后背冷飕飕的。

想返回，才发现不知不觉绕到了潘河凹，只能远远望到湖村的灯。往回走还得绕好长一段山路。想喊，记得娘也说过，淹水鬼听到人喊，就会成群结队地拥上岸。我害怕极了。好在不远的地方有火光，有人守庄稼吗？我一喜。朝着火光跑，可跑了好久还近不到前，那些火光这一丛那一丛闪闪烁烁地四处跳。有时明明在我周围，到我靠近，火光又远了。我忘了娘的话，哇地大哭起来，边哭边喊着娘往回跑。

"区，小区……"我又听到声音喊我，真真切切，我不敢回头，脚开始发软。"区，小区……"熟悉的喊声伴有水响——船桨击打着水花的声响。在潘河长大的我对这声音再熟悉不过。我终于停下来。

"小区，我是柏林大爷。"

"柏林大爷。"我如遇上救星，哭着快步爬上他的船。

柏林大爷是我们湖村人。因为跛腿，捕鱼下田的重活做不得，就东拉西扯造了这条船，年复一年在潘河上摆渡，运人运货运庄稼，每来回一趟收五角钱。不赊不欠，想过河就给钱，不给，就甭想上他的船。为此我们一群孩子常背里跛子跛子地乱骂他。而现在我也顾不得了，能把我送到家，我保证明天开始，不再骂他跛子，并把这坐船的五角钱还给他。

"柏林大爷，明天我找娘要五角钱还你！"

"你娘给了，给过的。"

"我娘啥时候给你的？她知道我会坐你的船呀？"

"清了，都清了。谁也不欠谁的了！"

船离湖村越来越近，那些火还在忽远忽近地闪跳，而且跳得更欢。我指着那些火问："柏林大爷，这是啥火？咋这一点那一点地跳来跳去？"他一改刚才的絮絮叨叨，沉默了。河上只听得船桨哗啦哗啦打水的声音。

船靠岸，我辞了柏林大爷下船飞一般向家中冲。娘在门口看到我，把我搂在怀里边哭边骂："你个跑脚崽上哪里去了？吓得我四处找！"我不敢答话，扯着娘的衣襟乖乖地随娘进屋睡。

第二天一早，我找娘要五角钱还柏林大爷，她奇怪地看着我说："你几时还欠他船钱？"我低着头，脚尖蹭着地上的泥嘟喃着硬要娘给。娘看着我好一会没有说话，突地嘣了一句："甭要还了，你柏林大爷昨晚走了。"

"没走。昨晚柏林大爷还送我回了家！"

"你说啥？"娘蹲在地问我。

"昨晚我去了潘河凹，是柏林大爷渡船送我回的家。对了，娘，昨晚潘河边有好多夜火，那是啥火？我撵都撵不上。"

娘脸色煞白，哆嗦着嘴扯着我就往神婆"三相公"家跑。

路上，娘颤声说："那是'鬼'火，给你柏林大爷送行的'鬼'火。他昨晚走后，殓衣还是我和你春婆几个帮忙穿的……"

招　魂

导读：亲情是灵魂最安全的居所。如一盏灯，引领你回到最初的原乡。

魂兮归来！去君之恒干，何为四方些？舍君之乐处，而离彼不祥些！

——屈原

楚人好巫，自古就有招魂习俗。听村里老一辈人说，战国时的三闾大夫屈原有一年坐船过潘河，却在船上病了，一连多日重病不起，村里有位九十岁的老人试着去潘河为其招魂，第二天屈原的病全好了。后来屈原写的《楚辞》中有一章《招魂》，村里老辈人说，那就是根据湖村招魂的习俗而来。

群发在外做了多年生意，回到湖村后就病了。

开始他只是说胸闷乏力，汪娴陪着他上省城医院，求了专家，折腾了仪器，查来查去，也查不出所以然。

汪娴急得不行，听得哪儿有治胸闷乏力的偏方，哪儿有郎中专治疑难杂症，立即脚不点地地奔过去，可群发的病全无好转。

汪娴没招了，群发有气无力地出主意：要不……你……找爹，给我招魂。

在汪娴小时候，娘为她喊过魂。

但小孩喊魂和大人招魂却各不相同。大人招魂，相对繁琐些。

第一辑 喊 魂

有一年三叔在南拢凹干活回家病了，爷爷挨家挨户去讨米，然后把家中的水缸填满水，放了一把作震邪之用的剪刀在缸上，奶奶抱了三叔的内衣，手持圆镜拿着百家米由瓦梯走上屋顶，持镜仰面朝东喊：东方有鬼崽啊莫留哟——

喊完将手中讨得的百家米朝东洒一把。

然后顺次各喊一句，将讨得的百家米朝各方洒一把。

四个方位喊完，再仰头面朝天门，圆镜朝三叔失了魂的南拢凹喊：东南西北都莫去，崽在南拢凹吓了回哟——

喊一句，丢下一把米，再由瓦梯走下屋顶。据说这些扔下的百家米，会落地成兵，从镜子里照出的镜路上，把人的魂收回家。

汪娴听完眼一亮。但招魂还有一说，得家中长辈出面喊才有效，比如父母，再或岳父岳母。群发年幼失父，青年丧母，自已的爹娘倒是健在，但是……汪娴一想到爹，眼神随即黯淡下来。

当年汪娴和群发谈恋爱，汪娴的爹娘大力反对，特别是爹，嫌群发家弟妹多负担重，嫌群发个头矮怕汪娴嫁了会吃苦……汪娴不管不顾，娘以绝交恐吓，汪娴还是不理，偷偷拿着户口本与群发领了结婚证，请了几位要好的朋友摆桌酒席就正式住进了群发家。孩子出生后，群发去给汪娴爹娘报喜，硬生生吃了个闭门羹。从此汪娴倔着不回娘家了，任群发怎么劝也不听。

看着床上气若游丝的群发，汪娴咬咬牙还是出了门。

站在阔别多年的娘家门口，远远见娘在院子里忙碌，爹在树下抽旱烟，汪娴站在门口，红着眼睛看着娘叫了声：娘！看着爹，怯怯地喊了一声：爹！娘看到汪娴一怔，眼睛发红，脚向女儿挪。你站着！她说绝交就绝交？

守候一株鸢尾

她愿来往就来往？爹一喝，娘的脚就停了，哭着转身向内跑。

爹磕磕烟灰，闷声问：这是哪家闺女？走错门了吧？汪娴把手中拎的贵重礼品放在门边，怯怯地说：爹，这是群发让我拎来孝敬您的。

群发是哪个？你又是哪个？老汉我不认识！又一脚踢开地上的礼品：发财了，了不起啦？这些你拿走！老汉我不稀罕。说完，他转身进了屋。

爹，群发重病，您晓得的，他爹娘早不在了……爹一怔，又砰的一声关了门。汪娴哭着一路跑回家。群发看着汪娴红红的眼睛，喘着气说：娴子……再去，咱们结婚时没尊重两老意见，爹还气着……

汪娴说：你又不是不知咱那爹，这些年，你哪次去，不是被他撵了回来？

群发说：娴子，再跑一趟吧，爹只是……那口气没放下……

傍晚时汪娴萎着头回来，她哭着说：门一天都锁着，照面不给打。要不，还是我去化百家米，请族里的长辈来试试？

万万不行……

群发话刚落，一个佝偻的背影进了厨房，接着一个苍老的男音在屋顶响起来：群发，我的儿啊，东方妖魔多作怪，崽啊你早回莫作留哟——

群发，我的儿啊，浙江人多车多你莫留啊，娴子和伢崽在屋里等你回哟——

汪娴听着这熟悉的喊声，大滴的眼泪从眼眶滚出来，连日来蜗在床上的群发掀开被子，挣扎着想下床见老丈人，这时一个人影进了屋，一把按住他，说：儿啊，保重身体最要紧！

桔子熟了

导读： 如果你来湖村，在烟波浩渺的湖边漫步，误入林中深处，会看到一片茂密的桔林。这片美妙温暖的桔林，其实不在我的文字里，而在我淳朴的乡村中。

湖村不大，山连着山，连绵逶迤，延到村子边沿陡地平缓下来，孤零零地伏卧着一个很大的湖，湖边靠南的坡地上，长着麦河家的两亩桔子林。

每到秋日，麦河家的桔子地里满挂了果，一个个翠绿的桔子，沉沉的，把枝条一条条压得都翻卷过来，一阵风吹过，大老远都能闻到一股桔子的清香，眼谗得一村的娃儿，口水在喉咙一上一下地滋滋直打转，但也只能干瞧着谗，跛子麦河一入秋就会在桔子林外搭棚子守着，哪个也近不得。

要说偷，法子也不是没有，潜水渡过湖去，悄悄爬上坡边的桔子林中，能管饱。可家中的大人硬是不让，理由 ABCD 的无数条。偶尔一次冒险且幸运地潜过湖去偷了吃，给大人们闻到了嘴里的桔子味，定免不得挨上一顿"竹笋炒肉"。

但椿子不怕，椿子的爹娘走得早，跟着奶奶芸婆一起过。芸婆眼睛不济，鼻子也不灵，瞧不仔细，当然也闻不出啥味来。

大多时候，村里的孩子刚靠近桔子林边的湖，脚刚刚踩上岸，跛涛河就像幽灵一样一瘸一瘸地拐了过来，手里的拐棍在地上劈啪点个不停，嘴里连珠炮般咋呼起来：猴崽儿，干啥嘞？想干啥的嘞？吓得孩子们赶紧作

守候一株鸢尾

鸟兽散，灰溜溜回了家。

椿子聪明，她会选在中午麦河打盹时偷偷潜水过湖，当麦河一阵接一阵的酣声奏起时，椿子捂着撑得圆嘟嘟的小肚子溜出桔子林，然后在麦河的酣声中，捂着兜里的几个桔子，直接从坡地上溜回家。芸婆眼睛不好，鼻子也不灵，那桔子看不见闻不着。但芸婆眯着眼睛吃桔子的样子，让椿子感觉自己一下子就长大了。

有时椿子看着麦河倒在窝棚边的睡样——一大一小两条腿支在棚子上，那条萎缩的左腿瘦瘦小小，像极了一根细细的竹棍。椿子听奶奶说，麦河这腿，是小时候患小儿麻痹症时落下的，因为这腿，麦河一直说不上媳妇。有时椿子也很不忍，可是对桔子的诱惑，她太难抗拒。她在心中很多次地埋怨麦河怎就那么贪睡的嘞？甚至有时候，她很希望麦河会突然醒来，对着她咋咋呼呼地大吼一通，那么，她一定不敢再踏入林子，不敢再来偷桔子，更不敢捎桔子给奶奶吃。可麦河偏偏就那么贪睡，酣声一阵接一阵地奏乐似的。

椿子想到这里的时候，手会常常不知不觉动起来。

她学麦河的样子，轻轻地把沉下来的桔枝用竹竿支起来，麦河的腿不好，她瞧见过麦河搭支架时摔倒过；她悄悄地把林子里的杂草拔干净，麦河的腿不好，杂草这么高，要是有人像她一样也悄悄钻来桔子林，麦河一定很难发现；她又轻轻地把林边的沟壑用小石头细心地铺起来，麦河的腿不好，这样的路，一定很容易摔跤……

中秋转眼就到了，按湖村的习俗，八月十五烘大饼。

椿子一大早起床帮芸婆揉了面，和了糖丝桔皮子，撒了脆芝麻粒，在灶上开始烘起中秋饼。烤好饼，芸婆眯着眼左挑右挑了老半天，又让椿子帮忙找一摞看相好的，打包捆好，招呼椿子给麦河家送去。椿子不语，磨磨蹭蹭了老半天就是没出门，芸婆就生气地嚷了起来：椿子你怎地不晓事嘞？你麦河叔一年到头跛着脚侍弄那片桔子林不容易呢，可他老记得让你送桔子给咱婆孙俩，咱该去谢谢人家。咱家这俩芝麻饼子，不值几个钱，你怎还不舍得嘞？

椿子红着脸接过芝麻饼，转身走向门，却一头撞中了一瘸一瘸走进来的麦河。麦河手中的袋子滚落，桔子散满椿子家的小院，椿子怔怔地望麦河，一脸不解。

椿子，干啥嘞？帮叔捡啊，今年收成好，卖了不少钱哩，这余下的，叔就不卖了，给你这个小园丁发个管理奖哩。

椿子听罢，垂下了头，小脸红到了耳根，突地，她"哇"的一声，大哭了起来。

年关岁末

导读：父辈的教育，不是滔滔不绝的说教，不是口若悬河的训斥。教化育人，润物细无声。

摩托车灯刺破漆黑的村庄小道，卷起一路尘土，呼呼地停在一座农家小院门前。

何水清架好摩托车的脚垫，刚取下头盔，娘嗵嗵的脚步声就从院里迎出来，随后嘎吱一响，小院的铁门在娘手中拉开了一条缝，不等何水清发问，娘帮着他支下车脚垫，后退，又向前一着力，摩托车倏地滑进了小院。

爹坐在堂屋前叭嗒叭嗒地吸着旱烟，烟和过往一样，一袅一袅地绕着，打着转儿，后旋成一道道细细的烟圈。

何水清松了口气，爹好这口自家产的老烟叶，烟杆儿是爹的命，瞧这烟雾，节奏还是过往的那几出，看来爹好着呢。

看到何水清，爹磕了磕手中的烟杆灰，食指指头小心地在烟窝里戳了戳，话头开始稠了起来。他还是习惯地把年头到年尾的事儿倒豆子般叙一遍。末了，爹说：我和你娘就是想你了，想和你唠唠话儿。知道年关来了，你审计局的工作会比平时忙，若不说我病了，兴许你也不见得会回这趟。

春种秋收，爹指不上他这独生儿帮什么忙。逢年过节，他似做客般匆匆忙忙。想到此，何水清眼一热，眼角开始痒痒的，忙蹲下身子抓了一撮烟丝，殷勤地从爹手上边接过烟杆边说：我一早预计过的，忙完这阵，我就休年假回来好好陪陪你和娘。又掂了掂手中泛黄的新烟杆，问：爹，你换了新烟杆？

小伍昨儿一早捎来的，烟杆儿说是纯铜的哩……这小伍也真上心，你从小到大的同学论桌儿地数，谁也不及小伍识礼数，懂情义。春耕秋收，都当上大主任的人了，还是常来咱家帮这帮那的。上次来咱家送冬柴时，瞧见你爹的铜烟杆豁了口，特地请五金厂的师傅打的。娘在一旁接过嘴道。

何水清摸着烟杆沉吟半响，又默默地对着烟窝一撮一撮地捺烟丝，摁着摁着，烟丝儿纷纷飞了一地。到何水清醒悟过来时，发现爹在盯着他看，忙不迭地"噗"地一下帮爹点上火，看了看还在絮絮叨叨地说话的娘，又望了望叭嗒叭嗒地默默吸着旱烟的爹，他悄悄地退出了堂屋。

年终的审查工作刚开始，他就接到了举报，伍思源负责的城市中心花园财政资金收支有问题，施工上也有不少的疑点。这中心花园本是政府斥资打造的中心公园，给老百姓提供的城市休闲花园。这几日，他正犹豫着，要不要着手查勘此事，怎么样来查这事！正犹豫时，娘来电话说：爹病了。

院子里的柴垛此时高高地码着，足够娘和爹燃上两个冬的。从他去外地上大学起，在本城上大学的高中同学伍思源就帮着他照顾着爹和娘，感激的话他在心眼儿里说了不下八百次。这次的事，只要他稍稍动一点手脚，伍思源就能平安过去。只是，原本为百姓造福的城市公园，会遭人唾沫。而他的心中，从此会多了一处污印。想到此，他倚在柴垛上，重重地叹了口气。

不知几时起，爹捧着一个鼓鼓囊囊的塑料袋踅了过来。

爹说：唠也唠过了。你工作忙，工作上的事儿，我们也不懂，也帮不上啥忙，就不留你，你还是赶紧回吧，明天还得继续上班呢。你娘呢，特备了些辣椒干，都是你爱吃的。这些个辣椒干啊，别看着土里土气的，冬天里佐上菜，吃一吃，人热乎，脑子清醒着呢！

爹动手把鼓鼓囊囊的塑料袋绑在摩托车后座，边捆他又边自言自语地唠开了：这人啊，明眼看得到的，也不一定全是真的。那包着裹着的，能包准就没人晓得？天黑了！路上小心。得空了，记得常回家看看我和你娘。

何水清轻轻地推过摩托车，车灯又一次刺破漆黑的村庄小道，向城里驶去。

坎坷的土路上，车身一颤一颤的，屁股被后座的塑料袋一下下戳得生痛。猛记起，他自幼就不爱吃辣椒干，这个，娘怎能就忘了？赶忙停了车，塑料袋被解开的那一瞬，他怔了——辣椒干上，整齐地扎着细碎的散票，五元，十元，五十，一百的面值都有。爹那把崭新的"铜"

烟杆就放在那扎散票上，在车灯的照耀下，泛着刺目的金色釉光。

何水清摸了摸辣椒干，又一次掂了掂手中沉沉的"铜"烟杆，耳头，爹的话响了起来，一股暖意涌上心头，他跨上车，轻轻地向县城驶去。

老人与诰

导读：大树需要春雨微风，孩子需要圣诞老人。朝圣者需要漫长道路，野兽需要温暖的窝，孤独脆弱的人啊，需要"诰"的指引，如此，他们才能坦然接受命运恩赐的疾病和痛苦。

村口是孤零零的相公庙。

老人佝偻着腰跪在神像前的蒲垫上，嘴里喃喃自语，满头白发，如被风吹裂的芦花，随着老人一阵接一阵的咳嗽，杂乱地瘫在荒滩上。她颤巍巍地站起身，捻着两片尖尖的牛角诰子，默念几句，庄重地把诰子丢在地上，然后目光移向地面，老人的眉眼立时溢出笑，她弯腰捡起诰子，紧紧揾在心口上，对着神像又叩又拜。

庙，据说是很久前一位落难的相公所居的地方，后来相公爷得道升了仙，感恩村民患难扶助，常显灵相帮，村人就联合集资在其住地建了这相公庙。

庙原只是由老人兼带照料，一场大雨过后，老人家里的房屋踏了。儿子儿媳说：我们去南方打两年工，房子很快就有的。

老人带着孙女，成了真正的看庙人。

邻近几个村落，碰上哪家猪丢了牛失了，或是家中孩童夜惊了，就来相公像前祈祷一番，向守庙的老人添些香油钱。

有人来，老人会点上香烛，摆好供果，孙女主动净手，摆正地上的蒲垫，安静地立在相公像侧。

求诰人跪在蒲垫上祈祷：民妇今早不慎丢失鸡仔一只，求相公爷明察指路。

老人捻着牛角诰子，双手合十祈祷：相公爷请指路引啊，要是三婆的鸡仔还在，请示阳诰儿保佑，若是鸡仔死了，也请阴诰子告知。于与求诰人一左一右，双手合十祈祷，然后很庄重地把牛角诰子扔在地上。孙女瘦小的身子立即俯上前，她若捡起诰子喊：阳诰子！求诰人就忙不迭地对着相公像跪下又叩又拜，然后掏出十元钱放进老人手中说：姨，香油钱。

"多了"，老人推开那双递钱过来的手。

"姨，不多，不多！鸡仔长大了能下蛋，蛋又能再孵小鸡。"来人一脸真诚。

老人于是揉揉眼，接过钱，小心地放入贴身的衣兜中。

年轻一辈外出打工，村里的老人和孩童多了。碰上个头痛脑热小孩夜闹啼哭的，吃过村医的药丸见不了效果，必会心急火燎地来找老人。老人照例帮求诰人祈祷一番，完后将牛角诰子扔在地上。孙女瘦小的身子俯在地上，她若捡起诰子喊：阴诰子！老人会对着相公像跪下又叩又拜，然后对求诰人说：宽心点，莫急，咱上大地方瞧瞧去。

求诰人也会递来些钱，轻放进老人手中说："婶，香油钱。"

"不啦，不啦，孩子治病还得花钱。"老人慌忙推

守候一株鸢尾

开那双递钱过来的手。

"婶，要收，要收！娃还得请相公爷再佑着，香油钱咱得花的！"

老人红着眼哆嗦着接过钱，默默地放进贴身的衣兜中。

没人时，孙女喜欢打开后屋那台村里送来的电视机，孙女爱看电视中那档叫《家有儿女》的节目，喜欢那个叫雪儿的姐姐，更喜欢那个嘴角有颗黑痣的妈妈。妈妈到南方两年了，孙女常想：妈妈的嘴角，是不是也长了颗黑痣呢？

老人没向相公爷问诰时，也会凑过来瞄几眼电视。她喜欢南方卫视，喜欢看里面的天气预报或是新闻播报。有一次，老人看到电视里一座农民房里浓烟滚滚，有人哭着喊着冲出来，让她跟着揪心了很久。

老人每次问完诰，孙女会仰着小脸儿问老人：婆婆，婆婆，相公爷在诰子里这次怎么说？我爹允我的新书包买了没？村长说，我明年可以上学了。还有，还有，诰子里有没有说我娘啥时回？

老人不说话，轻轻抚摸着孙女绒绒的黄发，怔怔地望着相公神像，然后紧紧捂着诰子，跪在神像前喃喃起来。

相公慈眉善目，怜惜地望着龛下的老人。

村里开始传出新年歌曲。儿子儿媳中秋前就给村长来过电话，托他捎信转告老人：过年时他们一定回来，回来建新房子。要水泥钢筋的那种，任风怎么吹也不会倒的那种！老人带着孙女开始一整天一整天地守在庙前的石头架下，看雪落儿在天空絮絮飞飞，看庙前那条弯曲小路上挑着年货归来的邻人。

年过了，茫茫的雪地转眼化去，庙前的草绿了。老人的腰更佝了，她站在相公神像前，抬眼望着被村长刚刚修葺过的小庙，痴立着。随着两声"噼啪"的脆响过后，老人手中的牛角诰子颤栗着，又一次在她两行浑浊的老泪中落了地……

天 灯

导读："人不犯我，我不犯人；人若犯我，我必犯人。"惊心动魄，荡气回肠，舍生忘死，终换天光！

我奶奶跟我讲过这么一个故事。

1942 年 5 月，日军进驻湖村，想利用湖村的山资源，开采矿石。为首的大佐叫山本次郎，手辣心狠。但凡通往矿区的村庄，烧杀抢掳，一时尸横遍野，天暗乌啼，甚至有的村落成了无人区。

湖村的共产党员赵树理秘密发动当地农民，靠十几支猎枪和几杆老汉阳步枪，很快创建了抗日游击队。

在通往矿区的陈村、李庄，赵树理经过慎密侦察，在茅弯一带悄悄设下了埋伏，依靠擂木滚石，设坑挖道，在山本派兵入袭茅弯时，一举端掉了他的五十多人的小分队，并缴获了大量枪支弹药。湖村的抗日武装迅速壮大。

随着伏击战一次次的胜利，山本一时损兵折将，连番数次向上请求支援，更不惜重金，遍设阴谋，欲除赵树理而快之。

由于叛徒告密，赵树理被捕了。山本为了震慑抗日分子，重兵押着赵树理绕湖村游行三圈，又在矿区设下

守候一株鸢尾

水牢，四处发散消息，要将赵树理点天灯，以示惩罚。

抗联人员几次设法营救，都以失败告终。

行刑之日，赵树理被重兵押往刑场，周围百姓一片哭声，不少抗联人员混在人群中，伺机动手营救。赵树理单薄的身子站在冷咧的寒风中，仰着头，面带微笑，他一改昔日的浑厚的男中音，哑着声对众人说：不要轻举妄动！一个我死了，很多的赵树理会站起来的！驱走鬼子，还我湖村安宁，我死则瞑目！

山本气得哇哇大叫，狰狞着脸，歇斯底里狂喊：支那人，大大的烧死这支那人！四个鬼子应声上前，按住赵树理，一个鬼子拿起剃刀，揪住赵树理的头发，狂笑着剃下赵树理的顶发，在他的卤门骨上剔开一个小洞，倒上桐油，放入灯芯，然后点火，赵树理挺直身子，圆瞪怒目，直至被活活烧死。

赵树理死后不久，毗邻湖村的崇县又起了一支抗日武装，矿路连连遭袭，山本外派的小分队常常无缘无故消失。这支小分队打伏击战的手法，与赵树理如出一辙，为此山本非常困惑。

他派人掘开了赵树理的坟，撬开棺材，扒开已高度腐烂的尸身，挑出头颅，当拔开卤门时看到那个拳头大的早被烟火熏成黑色的天洞还在时，更加惶惑。

因为矿区接二连三遭破坏，山本不得不撤出了湖村，而崇县抗日武装的为首者是谁，成了山本的一块心病。

1945年日本降退，临返日本前山本去了赵树理坟前。远远地，他看到有个人影在坟前晃。竟是赵树理！他正在整理坟上的杂草，往昔墓碑已经换成——抗日英雄孙骁之墓。

山本惊得连连往后跑：鬼！有鬼！

你站住！你这个灭绝人性的狼狗，也有怕鬼的时候！一个浑厚的男中音响起。

这个孙骁是谁？你的，又是谁？

赵树理冷冷地看着山本，不再说话。他细细地拔着坟头的草，细细地给坟茔培土地，一下一下压实、压严。

山本近乎疯狂再次指了指墓碑：你的，他，到底是谁？

"我们都是中国人！"赵树理抬头怒视着山本。

山本的脸再次扭曲着，他看着大踏步从面前走过的赵树理，声音慢慢低了："我不甘，不甘！他的，到底是谁？"

"那么，你记着了。"赵树理停下。"孙骁是湖村小学的国文老师，一位手无缚鸡之力的书生，只因为长相九分似我，于是他故意把自己弄得遍体鳞伤，买通看守的伪军，在点灯前夜悄悄潜去水牢，换下一身是伤的我……"

山本惊得张大嘴巴，难以置信地看着远去的赵树理。

第二天，赵树理去修孙骁墓时，意外发现了山本，他跪在烈士碑前，卤门骨被剔了一个拳头大的洞，周围已被烟熏成黑色。更让赵树理百思不解的是，他怎么都找不到凶手！

酒 娘

导读：一个弱女子，用酒为武器和铠甲，抵挡无良者不怀好意的侵略。酒有多醇厚，人生就有多艰难；人生多艰难，未来就会有多美好！

守候一株鸢尾

女人嫁来湖村时，不叫酒娘，当然也不喝酒，滴酒不沾。

叫酒娘，是因为女人的娘家在巩义，那里盛产名酒康百万。女人婚后每次回娘家，总是习惯带回几瓶康百万酒，村里人闻着酒香常找上门讨酒吃。村小，一瓶酒开启，半个村子都闻得到，一声吆喝，四邻街坊都听得到。可是后来，女人不想拿酒了，她爹娘就劝：拿吧，虽然小喜他爹……但小喜还小，家里须求人的时候用得上。

当支书的堂伯子正轩经常帮衬女人，也最喜欢来女人家讨酒喝。

那天酒到一半，堂伯眯着醉眼压低声音凑向女人：芬，要不，今儿的酒就到这……他朝内屋努努嘴。

女人拿酒瓶的手哆嗦了，酒瓶险些落在地，她忙扶好酒瓶，猛抽了一口气朝内屋喊：小喜，小喜你出来哈，敬你轩伯一杯！你轩伯为了给你申请助学金可费不少力啦。堂伯子的手伸过来覆在女人的手背上：不、不是这意思，细伢崽喝酒伤脑，咱喜儿是块读书的好料，这助学金我当大伯的本就应当跑跑，现在你让他也喝，我这些天往镇上不都白跑了么？

女人看着怯怯走出来的孩子，豆芽菜似的倚在门边，瘦且不说，硬生生就比同龄细伢矮了一截，要不是自己体弱多病，要不是他爹……一想到这些，女人的心就似被刀剜了几下。

堂伯子火辣辣的目光望向女人，边向小喜招手边掏口袋说：喜儿，咱今停了温习，拿上这钱，去村头葵他爹的小卖部买些小零嘴去，他家小卖部最近新添了台背投，就放在门口敞开给看，想不想瞧瞧去？

小喜的眼睛当即亮了，伸手想接堂伯父递来的十元钱，但看着女人不说话，怯怯地又把钱递了回去，低下头，挪搓着自己的脚趾头，不时又悄悄地瞟向自己的娘。女人见此叹了口气：小喜，你去吧，早些回！

喜儿立时雀跃：谢谢娘！我只瞄一会，就一会，保证早回行不？话落，人已蹦跳着跑远了。

堂伯子扬起嘴角露出笑，他给女人的杯添酒时，顺势拉女人的手贴在自己脸上，目光灼热地望向女人，嘴角向内屋挑了挑：芬啊，你从娘家拿来的酒好喝，怎么你的人也这么好看呢？

女人连连抽手：正轩哥，别……堂伯子早已扳过她的身子，醉醺醺的嘴巴贴上来。女人脸燥得通红，作劲一把推开自己的堂伯。关秀芬，什么意思？每年的低保和助学金我都为你去申请，现在想过河折桥啊？堂伯子有些微怒地站起来。女人垂下头，双手紧紧地抻着桌沿努力让自己站得更稳些。再抬头时，微红的眼里挤出笑，她端起酒杯：正轩哥，我……我敬你。端起杯，一饮而尽。堂伯子嘿嘿一笑：这就对了嘛。说完也端起了杯。

女人哆嗦着身子站起来：我给你，唱个，曲，曲吧……堂伯子的眼睛当时亮了。

女人提着嗓子：一句家乡，五呀六春，到处都走尽，漂洋过海卖杂货，卖货好容身……嘘！芬，你轻点唱，小声点。正轩慌了，忙站起身制止。女人的调子更高了：听见门外闹重重，不知是何人，打开窗户看一看，原是卖货人……嘘！秀芬，我的好弟媳，你就别唱了行不？会招人来的，堂伯子忙上前捂女人的嘴。

左邻传来声音：秀芬，小调唱得不错嘛。

女人提着嗓子唱得更欢，趔趄着甩开堂伯子又唱起来：一尺红绫，两只缎，三指花洋线，三寸红绫镶如边，送买几多钱？

右邻也传来声音：秀芬，嗓子不错，再来段《贩茶》。

行咧，都听好喽。正月哪个里来，正月呀那个他……

酒疯子！酒疯子！堂伯子一跺脚，撒起脚丫悄悄往后门溜了。

隔几天，堂伯子再来，敲门，门响半天后只见一身酒气的女人摇摇晃晃来开门，敞开院门摆了酒，劝正轩喝，自己提着嗓子唱，从《卖茶》到《贩茶》，到《龙船调》，小调或高或低悠悠扬扬带着醉意带着丝丝愁苦飘荡在湖村的夜空，也常常唱得满院的喝彩声。

堂伯子不甘心，再来，女人还是湿漉着衣服一身酒气来开门，他只得讨了酒就走，边退边嘟囔：真是酒鬼婆娘！

一转几年，小喜大学毕业了，参加工作了，孀居多年的女人在随小喜离开湖村的头晚，把自己灌得酩酊大醉，只有这次，她实实在在地把酒装进自己的肚里，然后一言不发地整了整干干爽爽的衣服，扶着墙壁走向墙角满积的康百万空酒瓶，每拿起一个，却都轻轻地贴在脸上，那酒醉后酡红的脸颊上，挂着两行清泪。

父亲和他的猎狗

导读：父亲因为有忠诚的猎狗白眼相伴，纵使鬓如霜，也能胆气横生，敢与恶兽相争斗。白眼是父亲可以两肋插刀的朋友。

父亲年轻时是位铳手，铳手都离不开猎狗。

白眼是我家的一条猎狗。

第一辑 喊 魂

　　秋收时节，父亲在乡邻的左一声嘱咐，右一阵叮咛中，一大清早就带干粮扛着他自制的土铳，穿过村头的青石板路走向密密的山林。白眼像一位要出征的先锋，仰着头，抖擞着它眼睛四周的那团白毛，铃铛在白毛下响起一串叮当声。当夕阳的余照在青石板中逐渐隐去，父亲宽口平底的布鞋已在石板路上留下一串踢踢踏踏的脚步声。这个时候，他的铳杆上总少不了挂上些野兔、山鸡什么的，间或还有花狸啊野狗子之类的……白眼撒开腿忽前忽后，绕着父亲打着圈圈跑，一路引得邻人艳羡的目光撵着父亲转。

　　暑期里，花生在地头长得正欢，得叔苦着脸来找父亲，说他南拢坳的花生遭了殃，请父亲帮忙走上一遭。父亲二话没说，翌日提着土铳带着白眼上山。

　　白眼兀是奇怪，以往父亲只要提上土铳，它就会迫不及待地立在门牙边摇尾待命。这次它伏在地上动也不动，看父亲"白眼""白眼"地喊得急，就蹭在父亲脚边，呜呜地轻撕着他的腿裤。父亲很是不解，以为白眼病了，忙放下土铳把白眼前前后后翻了个遍，后轻拍它的头笑骂道："好你只好吃懒做的白眼狗！"一旋身手一挥，白眼只得呜呜叫着不情不愿跟上前。

　　然而午后不到，父亲就光着上身，一路哑着声音直嚎叫着抱着白眼闯入村中卫生站。白眼眼睛四周的白毛给血染红了，哆嗦着身子在父亲怀中不停颤抖。在白眼的伤口缝好后，我听父亲说：得叔的地里藏匿着野猪。中了父亲一枪后的野猪没有立即倒地，它舞着獠牙扑向父亲，白眼一见，汪汪大叫着跳上前来撕咬营救。野猪只得又转身迎战白眼，白眼灵活的身体忽左忽右，忽上忽下，引那受伤的野猪渗出一地的血。红了眼的野猪再次反身扑来咬父亲，白眼急速扑上前，它的身体正好抵

守候一株鸢尾

上了野猪的獠牙，父亲急速装好火药扳响了第二枪。而野猪倒地的时刻，白眼的一条小肠子也从腹腔流了下来。

从那以后，白眼在父亲眼里，真正成了家庭一员。

村里除三害，毒昏的老鼠到处乱窜，父亲很怕伤口刚好的白眼管闲事，就用一条小链子拴住它。白眼被拴着的那些日子，一见我就汪汪叫，我知道它一定是想我放了它。见父亲不在家，我偷偷松开白眼的铁链子，白眼一跃身对着我摇尾巴，又直舔着我的手，随后撒腿往外溜了去。

然而白眼还是禁不住抓吃毒鼠的诱惑，当天就中毒了。

看着白眼嘴角冒白沫，父亲紧紧地把白眼搂在胸前，把碗中的药直往白眼流着白泡沫的嘴边送，白眼阵阵剧烈的抽搐晃翻了父亲手里的碗，无神的眼直勾勾望向父亲，大颗大颗的泪水从眼眶里溢出，滴在父亲手背。父亲流着泪哑着嗓子朝娘高喊：帮忙倒药啊，快！接过娘倒好的药，父亲试图再次撬开白眼的嘴时，白眼已经直条条僵在地上。

"谁让你放了白眼？"他一抬手，我的脸上挨了重重一记耳光。娘冲过来护着我，不满地对着父亲狠狠剜了一眼，拉着我走入内房。

得叔循声走了进来，看着已经僵死在地上的白眼，很殷勤地说由他来帮着父亲处理白眼。父亲摇头不语，在我的哇哇大哭声中，提起锄头，抱着白眼向河坝边的斜坡走去。直到天透黑也不见进家来。

得叔半夜来传信说父亲还坐在坝边的斜坡上抽纸烟。

第二天，娘见父亲没回，也去河坝边瞄过几次。得叔也不时地去斜坡，他送去的饭，父亲原封未动。

第三天，娘坐不住了，折下院里的柳条子，扯着我的手赶向坝边。父亲坐在白眼坟头，低着头，叭嗒叭嗒地吸着纸烟，不时看看天，硬是不睬我们。娘说："狗是吃了毒鼠药死的，伢子你打也打了，自个的儿子，难不真就要他偿命不成？"

父亲又看了看天，后又看了看坡下大汗淋漓地垒草垛的得叔，对娘直吼吼："回去，你个苕婆娘！"

娘气得急，一把拉过我，对着白眼坟头，当着父亲的面举起柳条就对我抽。父亲急冲上前一把抱着我，让娘抡到半空的柳条狠狠地落在自己身上。娘一见，一把扔了柳条，坐在地上嚎哭起来。

日头在天空闹得更欢，直把白眼坟头上的土烤得焦白焦白。得叔走上斜坡，不甘地叹着气绕着坟头走了一圈又一圈，才下了坡。

"去年，得哥把河边的死狗给捡回烤的事，你还记得不？"父亲红着眼问娘，又抬头看看天，站起身一手扶起娘，一手抱着我："咱也走吧！"

我爹是条汉子

导读： 以德报怨，以德报德，宽容仁慈，我爹这个连孩子都敢欺负的汉子，用最朴素的恻隐拯救了一具堕落的灵魂。瘸腿的爹，卑微矮瘦，却让人仰望。

我爹脾气好，在村里处处让人，连小孩子也敢欺负他。

我家养着一群鹅。具体什么时候养起，爹辈，爷辈，

守候一株鸢尾

还是爷的爷那辈，我真就不知晓。

我们湖村有个大湖，临湖而居最大的好处就是好放鹅。一大清早把鹅放出栏，撒些吃食，然后往湖中一撵。看着这群红喙白毛的野汉们在湖里嬉闹，我就在岸上吼："鹅，鹅，鹅，曲项向天歌，白毛浮绿水，红掌拨清波……"

一次，在清点收湖的鹅时，我爹发现少了一只。天都黑透了他还心急火燎地点着松子灯沿湖找。最后在湖岸一个沟壑里找到一堆鹅毛，我爹捏着它们整夜没合眼。野汉们并不是只懂得日复一日在湖里嬉戏，收湖后会很争气地在鹅栏里落下一堆蛋。我家就是靠这一堆一堆的蛋，换回一年的油盐酱醋茶以及爹的烟丝、烟袋。

失鹅事件后，我爹通过明察暗访，终于把偷鹅贼锁定在湖村闲汉刘二身上。虽然刘二长得人高马大一表人才，却从不种田、殖养，家中泥墙茅顶，大雨大漏，小雨小漏。他白天望太阳，夜晚看星星，却终日能闻到他家小屋往外飘散肉香，捣得满村小孩缺油生锈的肚子里馋虫翻搅，哈喇子满襟。可我爹无凭无据，空口白牙说不出子丑寅卯，只好干咽气，一狠心高价买来一条头大耳尖身健硕的狼狗灰灰。

自灰灰来后，那些有意走近大湖的人，看到灰灰站在湖边，虎视眈眈地吐着长长的猩红舌头，都望而却步。

刘二在湖村到处给我爹扣帽子，说他私占公湖。我爹因此招了不少口舌，只得苦着脸把灰灰锁在后院。灰灰一上锁，我家的鹅就受伤。收湖时，在我爹焦躁的目光里，鹅拖着跛腿跌跌撞撞地栽进鹅栏。我爹心疼得红着眼、青着脸围着湖跳脚大骂。骂完，就绕着刘二紧锁着的大门，转了一圈又一圈，当晚又把灰灰放了出来，并把自己的口粮塞进了灰灰肚里。

肚里有了口粮，灰灰更卖力了。只要鹅在湖中扑通了几下，湖岸上的灰灰就会"汪汪汪"地吐着猩红的长舌一路狂吼奔向湖边。到了夜晚，灰灰睡在鹅栏边，每有动静，就从院前吼到院尾，一栏的鹅也跟着嘎嘎嘎地奏起平安曲。我爹终于松了一口气，一门心思搁在了庄稼地。

一夜，我家的鹅又丢了。我爹百思不解，整夜灰灰一点动静也没有，这鹅怎么会丢的呢？但我爹对谁也没提丢鹅的事，只是每到夜里，就悄悄藏在鹅栏边。

半夜，我家的院里被扔进来一个包子。灰灰一骨碌爬起来，一口吞下。跟着，一块接一块的肉，也被扔进来。月下，我爹看得真切，都是些鹅爪鹅头鹅骨架。灰灰吃完舔舔嘴，悠闲地在院里走了几步后，腿一歪，躺在地上酣睡，直气得我爹在鹅栏外狠着捏裤腿。

院门开了，我爹就看到刘二蹑手蹑脚进了院。然后，轻手轻脚绕过灰灰靠近鹅栏。当他的手伸向白鹅时，我爹大吼一声，提着榔头站在了院门前。灰灰醒了，一抬眼望见怒气冲冲的我爹，怯怯地爬起来，向正想攀墙而逃的刘二冲去。一见灰灰，刘二忙往鹅栏里逃。小小的鹅栏，一时鹅飞狗跳人窜，剧烈地晃荡起来。

随着一声尖叫，灰灰拐着一条血淋淋的腿冲了出来。刘二满身是血站在慢慢倒塌的鹅棚口。我爹急喊："闪，闪，刘二你狗日的快闪……"一边喊，一边提着榔头向刘二跑去。刘二看到我爹向他冲来，抄起慢慢倒塌的鹅棚栏向我爹挥。我爹用榔头撑住鹅棚口，就势把刘二推了出来。刘二屁股在棚外落地那刻，倒塌下来的鹅棚柱不偏不倚砸在我爹来不及挪开的左脚后跟上。

刘二捡回一条命。

从此，我家的鹅再也没丢过。

从此，我家多了一只跛右腿的鹅，一条拐后腿的狗，

守候一株鸢尾

还有一个瘸着左脚的我爹。

为此，我常遭小伙伴们"跛拐瘸"的奚落。每当我被气得耳红脸青垂头掉泪时，刘二就骂："羔儿的，笑啥？葵他爹是英雄！救人的大英雄！羔儿的谁再笑看大爹，看我不扁断他小崽腿！"

葵是我。之后，真没人笑我了，倒是有人经常问："葵，你爹是英雄吗？"

我不知怎么作答，只是使劲地猛点头。因为大人都说："葵他爹还真是条汉子！

义犬来旺

导读：为养一条至灵至性的狗，主人临危时挺身而出，孤独时温情相伴，委屈时默默无声。秀秀就有一条义犬，它的名字叫来旺！

月光把湖村里的青石板路洒得透亮透亮时，老区才背着一捆薯藤进家门。

吱嘎一声院门开过后，老区来不及放下薯藤，来旺就亲昵地迎上来。中学刚毕业的女儿秀秀红着眼跟在后边，她垂着头，手指一下又一下地揉捻着衣襟，嗫嚅半天后才听到她说：来旺咬人了。

来旺咬人了？老区扑噗一下笑了出来，嗞地一声点上纸烟叭嗒两口过后说：来旺五岁，咬过狍子咬过野猪，就没见它伤过人！

"爸，来旺下午真的把福生咬了，后来还追着撵咱们的村主任！"秀秀话落，老区的烟斗在半空就悬着了。

福生此时一瘸一瘸地敲打开院门走进来。他捋出腿脚上一圈紫红的牙印，深深地看了一眼秀秀后对老区说，"叔，你看到了吧？你家狗咬的！我爸还在医院打狂犬疫苗针，医生怀疑你家来旺患了狂犬病。狗只有得狂犬病才会到处乱咬人，我爸让我来转告你，叫你看着办。我看这也立冬了，有狗肉补补蛮好。"

老区看着缩在墙角边怯怯望他的来旺，心一紧，烟跌落在地。

一架双轮板车，一条麻绳，老区连夜把来旺送出了十里湖村。

福生带着一伙人再次把院门摔得山响时，一条灰色的影子跟着一闪而过，是来旺。福生恶恶地说，"咱今天狗肉是吃定了。"一阵盆摔碗响后，来旺的吼叫在人群中蹿上跳下，最后逃出了院门，福生骂骂咧咧的，在秀秀低低的哭泣声中一伙人又追了出去。

半夜，秀秀的房间传来隐隐的哭声，老区坐在院墙根下一支接一支地抽闷烟。

黑暗中，来旺温顺地蹭到老区脚下，老区红着眼，摸摸来旺带伤的身子，又拍着来旺的头骂道，"小崽子，牙齿痒也不能乱咬人啊！"打过后又轻轻地揉一直低垂着脑壳的来旺，重重地叹了口气。

借着微微的晨光，老区找了条黑布袋套着来旺的头，趟过十里湖村，翻过湖村外一座接一座的小山，转了一趟又一趟的车子，才悄悄放下来旺。

来旺走后，院子里突然静了。福生接过老区送过的医药费后也不再闹腾。只是秀秀的话越来越少。秀秀生性内向，她娘走后，秀秀的话就更少。女儿大了，当爸的也不便细问。以前有来旺，不时还能听到她偶尔的雀跃声。来旺一走，院子里除了秀秀的劈柴声、烧火煮饭声、

守候一株鸢尾

搓衣声，就只有老区抽烟后一阵接一阵的咳嗽声。

这天早晨，一阵有节奏的敲门过后，老区听到秀秀啊的一声惊呼，随后拎着一只三条腿的野兔到他跟前。老区问，秀秀摇摇头。

此后不管是老区早起还秀秀早起，总是在一阵有节奏的敲门声后，有沾着血的一条腿山鸡或三只腿的野兔，不时地出现在老区的家门外。

腊兔和熏鸡在冬日里一天一天地增多，老区的心事也一天比一天重起来。

冬日的风，吹着院门哗哗作响，门前的槐枝柏叶在晨风中颤颤悠悠地晃，夹着寒咧咧的风往躲在树上的老区身上钻。一条灰色的影子颤颤地从远处跑来，背上冒着一圈热气，近了，竟是来旺！它轻轻地放下嘴里叼的山鸡，凑近嗅了嗅，接着走到院门前，抬起前爪，砰砰，砰砰，一阵有节奏的响声过后，来旺转回头跑了。

老区的嘴巴惊得大大的，心一酸，连跌带滑落下树，一路来旺来旺地喊着追。来旺听到喊声，回头看老区，呜呜叫着跑回来，头贴在老区的怀中不停地蹭，老区摸着来旺背上脏乱的毛，摸着毛下的峥峥瘦骨，眼一红，搂着来旺就哭起来。

"来旺！"秀秀惊喜着也从院中跑来，来旺挣脱老区跑向秀秀，对秀秀不停地摇动尾巴，又轻舔秀秀的手。然而秀秀的手刚摸到来旺的头，来旺却突地一步一步地后退，撒开腿向后飞跑，秀秀边喊边追，来旺边跑边回头看秀秀。

"来旺，回来！回来，来旺！"

一个趔趄，秀秀跌倒在地。来旺停下来，秀秀爬起来刚想靠近来旺，来旺却又一步步向后退。

老区奇怪地呆立在原地。

只听得秀秀边哭边喊：对不起，来旺，那天是你攥走福生救了我，可我……我怕村主任啊，怕他到处反说我勾引他儿子福生……

两只狍子

导读：人要生存，动物当然也需要；动物爱子爱家，危难时可以以命相博，这点上，动物是人类的老师。

自扫雪中归鹿迹，天明恐被猎人寻。——陆龟蒙

早上，邻屋的水得来时，他又一次借故跟女人吵完，女人在内屋啜泣着拾掇她的衣服要走。

水得来找他进山围猎。水得说："屋洼山上的花生地大片的遭罪，咱得跑一趟。"他悄悄瞅了眼内屋，女人把衣服一件件叠在箱子，又一件件挂回衣橱，反反复复。他挪了挪脚，想跟女人说两句，想了想，还是取下挂在墙上的土铳，背上工具包跟水得进了山。

屋洼山离湖村大约五里山路，绕过几道梁就到了。这块坡地一向以盛产花生而闻名。他们一行走进这块眼谗过不少人的花生地时，花生刚开过黄花，靠近山边的整大片被拱起来，花生苞翻落一地，不少蔓藤上的白苞才不过比黄豆粒儿稍大些。地上还有不少撒落的苞粒，那些被啃落的苞粒经太阳一晒，萎缩得乱糟糟一地。

看到这，他叹了口气，自家的红薯地比这块地好不了多少！这以后长长的冬季该怎么过？冬季过后呢？这些日子，他一直为这事烦恼着。

守候一株鸢尾

沿着被糟踏过的花生地转了几圈后，一行人分头沿着散乱的足印悄悄往深山寻去。

他跟的那行足印在一块崖壁前消失。翻过崖壁，他四下察看，在崖壁前一条带坡的林路上蹲下来，拿出随身的工具包，取下牛叶刀，轻轻地在土路上挖好地坑，拿出带有铁钩的绳套，掰开铁夹板，系好消息扣，埋在地坑中。又牵出套子另一头的线绳，掩上一层细细的土粒后，系在旁近的树枝上，做完这些，他横折下枝条做记号，才悄悄向崖壁另一条路攀去。

晌午时，吆喝声在东侧山头响了起来——湖村围猎，只有看到猎物才有吆喝声。

随之西、南两山头的吆喝声也响了起来，他悄无声息地往崖壁边退，隐进了他埋套不远的树丛——几个山头的吆喝声同时在响，猎物开始往他所在的方向围撵。

"砰"，一声沉闷的响声过后，一连串的惨叫在坡路落套的树杈上响起，枝乱叶动阵阵作响，他迅速从树丛里站起来，往坡上小跑——一只扁头的野狍被套绳系着后腿倒吊在树杈上。让他意外的是，旁边还有一只狍子，它正在用头上的尖角一下又一下地挑那条系着扁头狍腿上的绳索，看到他，倒挂在树上的扁头狍尖叫起来，尖角狍停下来，向一侧的树丛跑。

他取出背上的牛叶刀，走向那只倒挂着的扁头狍。刀还未触到狍身，后背突地被重重地击了一下，他倒在地上。转头，看到那只尖角狍正作势向他冲来。他忙忍痛侧身翻滚，顺势抓起跌落在地的牛叶刀。

倒挂的扁头狍又发出尖叫，挣扎着向他这边撞来，他大惊。一声沉闷的枪响过后，尖角狍向一侧的树丛跑开。水得提着冒了白烟的土铳从树丛中钻出来。树上的扁头狍，血淋淋的——树桠上的套绳上，�*挂着半条淌着血的狍腿。

花生地的主家欣喜不已，早早备好了夜饭，水得提议再加一碗狍子肉。他揉搓着受伤的腰，狠狠地拔出牛叶刀，同来围猎的铳手们也帮忙架上狍子。

开膛时，他的手停了下来——这是一只怀了胎的母狍。

一旁帮手的水得看他停在那儿，凑近过来看："怀有崽？难怪那只公狍会回扑伤你。"

他的心一悸，扔了手中的牛叶刀，在主家连连招呼和挽留中，借口腰伤，拎起那杆土铳向门外走去，

他一瘸一瘸地上了屋洼山。

花生地，还是乱糟糟的一片。坡路上，那只扁头母狍早前留下的枝枝叶叶和一地的血迹不见了踪迹，坡路边杂乱的树枝树叶不知几时竟垒成了小堆。

他坐在坡路上，拔开小堆，血迹一下全露出来。他想起那只哀叫离开的尖角公狍，是它垒起来的吗？要不是扁头母狍不惜折断后腿撞上，倒下的，该是那只尖角公狍吧？

他的鼻子有点酸，眼睛开始潮起来。手一下一下地挖坡边的泥土，把一地的血迹深埋进土中。

借着林中最后一丝光线，他摸摸索索着攀向崖壁，下午在崖边看到这棵红红的酸枣树时，心里就动了——那个早上收拾衣服要走，也曾撂过很多次狠话不再跟他在这块与野兽争食的地方受罪的女人，刚刚怀上了他的孩子。

第二辑　泛黄的粽叶

这组小说以湖村为大背景，关注湖村人物与风情，探寻人物的内心情感。徐建英作为在广东打拼的湖北人，童年时期故乡的一草一木、人情风俗，早就浸润在她的骨子里、血液里，而特区生活多年，又使她眼界开阔，得以从另一个角度"审视"过去。因此，她小小说中的湖村，就成了另一个故乡。作者善于捕捉故乡人物的细微情感，并对此怀有深深的悲悯情怀，体现在这组作品中更多的是温暖、宽容，并带有浓郁的地域特色，在艺术和可读性两方面，兼而有之。

——非鱼（河南三门峡）

泛黄的粽叶

导读：童年是一首唱不完的歌。人世间的大爱，不一定要生离死别，很多时候，一个记忆的瞬间，在特定的时间里，也会感动一生。

第二辑　泛黄的粽叶

搬家那天，妻整理书架时问，是你的课本么？捧着那熟悉的语文课本，摸着粘在书页中那枚已泛黄的粽叶，我的鼻子阵阵发酸。

那年端午，我八岁。恰逢祖母七十寿诞。母亲把家中本不多的口粮拿去换了些糯米，又步行几里路到集上买来红豆和糖，最后拎着柴刀，上竹园砍下一把粽叶，洗净，泡在清水中。母亲说，要包粽子。祖母裹过的小脚踩在矮凳子上帮着搓麻绳，我更是跟着母亲屁股后忙上蹿下。那年月，能饱饱地吃餐好饭，是件让人很快活的事儿！至于甜糯米粽子，我还真的没有见过呢。

母亲把洗好的米与红豆拌在一起，然后把纸包的砂糖掺了进去，和匀。拿起粽叶和麻绳一拉一折就忙碌起来。看我老是舔着那裹过糖的纸包，母亲笑骂我，"小馋鬼，还不去写作业。"

我怕母亲，所以她的话我最听。

在小屋里我竖起耳朵，听母亲在厨房窸窸窣窣地包着粽子，偶尔地，还有祖母细细的搓麻绳声夹杂着她一两声咳嗽。那次的作业，我做得格外艰辛。

随着煤炉盖子啪的一声响，白气冒了开来，一阵滋滋的水声后，一股清新的粽叶香也钻进了我的鼻子。紧接着是糯米的饭香，夹杂着红豆的黏稠香，阵阵诱人的香气袭来。我大口吸着气，一次又一次揉动着鼻头，手中的笔很是不听话，落了又落。

再次踮起脚尖向窗外望时。祖母在厨房对着我笑，接着又向我招手，我如开闸的鱼儿，一下就梭了过去。

母亲看到我，捂着笸箩，对奶奶说，"妈，得给您过寿的呢。"

我用力吞着口水，喉头上下颤动，眼睛死死盯着母亲那捂住笸箩的手。

守候一株鸢尾

"呵，我想尝尝嘛。"祖母话刚落，母亲赶忙弹开了手，取出一只粽子递了过去。

"咦，说了你不信哪！"祖母解绳松线那会，我的眼珠子就没错开过！

祖母嘘着气，剥开滚烫的粽叶递给我时，母亲却不依了，欲要抢来还给祖母。我又一次狠命地咽了咽口水，在祖母的微笑中，一把接过粽子就往外跑，边哈着热气，边直往嘴里塞。那个香啊，直沁喉咙！可那个烫啊，我慌不迭地吐了出来，来不及抬手接过，粽子就地滚入了阴沟。

那个下午，我看什么都像篦笼，那绿色的粽子更是不停地在脑门飞舞。祖母的咳嗽一阵阵从她卧房传来，那些日子祖母咳得频，母亲很是忧心，做好粽子她就上卫生所取药去了。我的喉头在祖母的咳嗽声中，一次一次涌动，脚再也忍不住，向厨房挪了去。

篦笼中的粽子被我消灭得差不多时，母亲的脚步在门外响起，我忙不迭地抓起吃过的粽叶就向裤兜里藏，口中嚼着粽肉向自己的小屋奔得贼快。怕母亲进得房来，最后一片粽叶，就匆匆夹进了语文课本。

翌日，祖母寿诞。母亲看着篦笼中孤零零的几个粽子，愣了。

祖母说：半夜饿，我给吃了。

母亲自是不信。她看了看我，手抬了起来。我死死低着头，脚尖在地面使劲地搓着挪着，恨不得搓出一条缝来。

母亲叹了口气。举在半空的手又垂了下来，摸着我的头，一下，又一下……

午后绽放的芥子花

导读：一个是被称为破鞋的芥子，一个是无恶不作的痞子，这午后绽放的芥子花，有着别样的芬芳。

在湖村人的眼里，芥子就是破鞋。

女人茶余饭后提到她，一脸的不屑，目光有意无意地扫向自家男人，探寻，审视，都有。男人则小心翼翼应着话，生怕不小心给自家女人抓上话柄，那以后的日子就得鸡飞狗跳了。

男人堆时，话都野了。"听人说你跟芥子亲嘴啦？"

"那何止，被窝都钻过。""真的啊？"

"快说说看。你上次不是说芥子也被你亲过吗？"

"怎么反问我。那是当然，亲的还是……啧啧！那个白啊……"说话的人一脸陶醉。

他们扯这类白话时，远远看到路过的芥子，话止了，音落了，树叶掉在地上都能听到细微的瑟瑟声。芥子问，"都在聊啥呢？"

"没聊啥呢。"有人应。

随后有人笑，接着一伙人笑，笑声多了些意味。这样的笑，让寡居多年的芥子心中刺扎般痛。

芥子的男人自小体弱多病，她和小姑子换亲，成了大嫂的小姑子生下侄儿后，卧床多年的男人攥着芥子的手，眼睛死死盯着芥子不甘不愿地松手走了。无所出的芥子从此花枝招展地留在湖村，有好心人劝她：芥子，打扮得这么招摇小心惹是非啊！芥子笑：日子都过成这样了，还不让人舒心活几天？劝的人摇摇头一脸惋惜。

村里的痞子良曲听到这些荤段子后，再看芥子时，眼睛就带了钩子。

良曲在湖村人眼里，是个无恶不作的痞子。哪家鸡丢了，牛失了，上门走动的亲戚被劫了，不用问，良曲干的。可是不敢找他，良曲这样的人，哪个敢找呢？

有一年，隔壁的芦溪湾有户人嫁女，轿夫喊借路时冲撞了良曲，夜里他把人家的喜礼一股脑扛进了山寨里，民防团带人以剿匪的名义上山过几次，每次都是人去屋空，寨子里只有几只老鼠叽叽喳喳地爬来爬去。

良曲是一个月黑风高之夜醉醺醺地来芥子家的，良曲才拔开芥子家的大门栓，一盆水从门顶倾泄而下，随后"啪"的一声门在内被锁上了。良曲气得踢门大骂：芥子，你这只千人骑万人压的臭破鞋，把门给老子打开。

芥子在房内细声细气地说：你再踢，踢出柄刀子莫赖我。

良曲酒醒一半：今晚老子醉了，明晚来跟你算账。

"滚！"芥子骂。

第二天有人问良曲：昨晚你去了芥子家了？良曲一怔后应：老子昨晚在芥子家睡的，咋啦？一伙人笑，声音干干的。

又一个月光如水的夜里，良曲悄悄潜去芥子家后门，良曲刚刚翻过芥子家早塌了的院墙，汪汪的几声狗吠嚎扑过来后，跌坐在地的良曲翻身一扫腿掀翻了狗，扑上去几拳头，狗就没了声息。屋子里传来芥子的哭声：良曲，你这挨千刀的痞子，你进来试试，进来我就割死在你面前。良曲一怔，一声不响地整理那道垮塌了的院墙。

第二天有人又问良曲，你昨晚在芥子家几点走的？良曲一挥拳头，喊：给老子滚！

有人看到良曲在一个阳光明媚的下午站在芥子家大

门口，他提着礼盒，理理衣服后又理理头发，轻轻地敲门，三声过后，良曲说：芥子，我是良曲，可以进来和你谈谈吗？

门"砰"地一下开了。

从芥子家出来，良曲心事重重，之后杳无音讯了。

湖村发生天翻地覆的变化，一伙穿着黄军装说话叽里咕噜的人进了村里，他们见男人就抓，见东西就抢。芥子和村里的女人一样，天天躲在地窖里，只是细心人发现，芥子的大辫子不知几时起给剪了。

芥子知道良曲的消息，是西山爆炸案发生半个月后，那伙叫鬼子的人到处找一个叫良曲的游击队员，听说藏匿在西山的弹药点被捣了。芥子在一个深夜悄无声息地爬上了西山，在那片被弹药炸得焦黑焦黑的山凹里，芥子掏出贴身的手帕，轻轻棒起一把焦土放进那绽着红花的手帕中。

在那个阳光明媚的午后，良曲说：芥子，我想打鬼子去。我一光棍子今天自己为自己提亲来了，你要是不嫌弃现在就依了我。当芥子小心地把手帕铺在炕上时，良曲笑：还整些仪式啊？芥子没说话。当阳光洒在炕上，铺向手帕上那朵绽放的花红时，良曲懵了，懵了的良曲片刻愕然后，跳下炕，头也不回地对芥子说：林芥子，我伍良曲会混出人样来娶你！

母亲的烫卷发

导读：美，最是靓丽的风景，虽有些许风波，更给幸福镀上金色的阳光。

守候一株鸢尾

　　从我年少的记忆开始，母亲一直是一头短短的烫卷发。

　　听村里人讲，母亲初嫁来我们湖村的时候，蓄着两条长长的大辫子，油亮亮地垂在胸前，煞是好看。那时我太小，并不能理解母亲出自什么原因，舍得把蓄了二十几年的长辫子剪去，并又坚持了那么多年。

　　不过我知道一点，那是绝对和父亲相关的。

　　我的父亲是个头脑灵活、重情重义的猎手。但那只是他的副业。70年代末开始，父亲承包了村里的贩运。我们鄂南地区山高林密，楠竹树木是主要经济来源，父亲就负责把湖村一带的树啊竹啊运往邻近的武汉、江西等工地或者家具厂。偶尔，他也把村里收集上来的，一种叫黄花梨的根茎运往北京、河北那一带，听说那些树根可以加工雕成椅子或是茶几，在大城市很受欢迎，而且价格很贵。

　　父亲再次要跑北京时，他提出让鲜少出门的母亲随车去北京长长见识，母亲当时的兴奋是难以言喻的，她不停地问我的父亲，呃，你说，北京的女人穿个么样的？父亲说，这样的夏天多半是裙子。母亲又问，呃，你说，北京的女人头发会弄个么样的？父亲说，大多人喜欢烫个卷发什么的。母亲接着追问，呃，你说，那又是么样的烫卷发？父亲笑着挠了挠头发说，就是那种，那种……反正很时髦的烫卷发呗。

　　见父亲也说不出所以然，母亲轻轻哦了一声之后，就没有再说话。只是多年以后，父亲常常打趣说，在他们要去北京的前夜，你的母亲整晚地不睡，坐在镜子前，把她那头大辫子绑了又解，拆了又绑。

　　母亲随父亲把货车上的黄花梨根茎运到指定的家具厂后，专门让父亲陪她在北京转了一圈，随后也不知是谁的主意，母亲走进了北京一家小胡同的小理发铺里，把一头大辫子换成了近肩的烫卷发。

当他们回到村里的时候，母亲扭扭捏捏地跟在父亲的身后，在湖村人的哇哇哇注视中，羞涩地走进了家门。

连着几天，我家的院子里来了一拨又一拨的湖村女人，她们摸着这八十年代初湖村的第一头卷发，叽叽喳喳，说羡慕、赞美话的都有，更多的女人在询问价格，蠢蠢欲试。只有我的祖母，踮着她的小脚，一个劲地在院子里走来走去，不时地叹息数落：好什么好？败家媳妇儿！好好的辫子剪了，顶着一头麻雀窝叫个什么事？嫌家里的鸡窝箩不够多？

只是几天后，我家的院子陡地安静下来，一个让人匪夷所思的传闻到了母亲耳边——父亲是贪了公家的钱，让母亲烧包（湖村骂人的话）。

父亲很气愤，拿出他经手的所有票据，立即请辞以后贩运的差使，并拉上村会计，要求上北京对清账目。

母亲更是难过，她把自己关在屋子里，坐在镜前，拼命撕扯着自己的卷发。在一缕缕血丝渗出的时候，我那个直骂母亲是顶着一头麻雀窝的败家媳妇儿的祖母，踮着她的小脚走进来，说：哭什么哭？顶个用？身正怕什么影子歪！

母亲当时止住了哭，问我的祖母：娘，你不怪我？

祖母说：怪你顶个么用？不过，你烫卷发其实也蛮好看的，只是还长了些，看起来真的像个麻雀窝，钱花得不值啊。母亲擦了泪水，噗嗤一下子就笑了起来。

祖母接着叹口气说：都是那伙男将不长脸，就是想堵着不给自家婆娘烫卷发，但也不能这样编排别人的不是啊！

让人意外的是，母亲在第二天一大早去了省城。在

守候一株鸢尾

武汉最好的一家理发铺里，她又剪短了头发，烫了个很卷很俏的发型回了湖村。傍晚的时候，她高顶着一头烫卷发，挺着腰在湖村的青石路面上来来回回转了好几趟。直到如今，母亲的两鬓花白，但她的头发仍然固执地卷着。

而父亲，在村干部的再三劝说下，又继续到处贩运湖村的树竹。

多年后，说不清的原因，成年后的我一直是一头短短的烫卷发。但有一点我想申辩：这和我们湖村风靡烫卷发没有关系，一点也没有！

爱的秘密

导读：母爱，在儿女心中有多大？我想只有四个字可以形容——大爱无疆！爱的秘密，任谁也为之动容。

我八岁那年，一场大火吞噬了我家街口的火锅店，爸爸为此成天在外忙碌。

妈妈去另外一个城市开发市场一直没回。我想妈妈，每晚对着桌上她的照片看，看妈妈站在海边岩石上甜甜地笑。

在妈妈的美丽笑容里，我常骄傲地想起我的同学小蓝。小蓝的妈妈长着很奇特的上唇。在鼻子下深深凹缺了一大块，几颗硕大的黄牙很难看地露在嘴唇外。她常在接小蓝放学时，站在门外看着我们笑，笑声嗞嗞的，带着一股沙沙的风从凹唇里传出。这时候的小蓝，常在一群同学"丑八怪""丑八怪"的哈哈哄笑声中，红着脸，低着头贴着教室的墙根往外跑。

而我，常吓得直往来接我的妈妈身上钻。

妈妈对我说，小蓝的妈妈那是兔唇，可以整形矫正好的。我当时小嘴一噘：这样的丑八怪妈妈，矫好了也没我的妈妈漂亮，才不要！说完亲亲妈妈漂亮的脸，挺着胸脯拉着妈妈往校外走。

妈妈离开三个多月时，爸爸领回一位保姆，并捎来了妈妈第一封信。妈妈在信中说：她因工作需要，暂时还不能回家，请孙阿姨暂时照顾我。妈妈在信中还说：孙阿姨是位戴着面具的善良天使，你可以像从前一样，把想对妈妈说的悄悄话也告诉孙阿姨……

孙阿姨偻着腰，个头也比妈妈矮好多，孙阿姨没有妈妈那样长长的头发，也没有妈妈白皙的皮肤，更没有妈妈灿烂的笑。孙阿姨的嗓音沙沙的，她光秃秃的头上戴着帽，她罩着纱的脸上能隐隐约约望见凹凸不平的疤痕……

但我看得出孙阿姨很喜欢我，可她不敢对着我笑。

一次期中测验，我考了全班第一，孙阿姨很开心地为我做了一桌饭菜。当我抬头透过面纱时，突然看到孙阿姨焦黑的嘴唇中露出两排白森森的牙齿对着我笑。我"啊"的一声尖叫起来，当晚发高烧说胡话，吓得爸爸半夜背着我就往医院跑。

好在孙阿姨能做一手好吃的饭菜，每天她变着花样对着菜谱做，我的肚子餐餐撑得圆溜溜的。否则，我一定要求爸爸撵她走。

我仍不时接到妈妈的信，每次都是孙阿姨买菜时取回来的。我躲在小房里看，常常看得泪流满面。妈妈在信中说：以前工作忙，没有时间陪你去公园玩，这个孙阿姨一定会很乐意带你去的。

我喜欢打羽毛球，但常常把球打得东倒西歪地到处滚。孙阿姨会不停地跑上跑下帮我捡球，还会买来很多好吃的食品，分给陪我一起玩乐的伙伴，引得一群同龄的小朋友羡慕不已：你家保姆真好！

我噼噼啪啪把球打得更惬意了，孙阿姨捡球也就更多了，每到我玩腻玩累了时，才发现孙阿姨佝着腰在公园中喘着粗气。

有时候，孙阿姨也会看着我书桌上摆的照片发呆，久久地发呆。爸爸就在一边叹气。有时候孙阿姨也会突然外出好多天，只是回来后，我感觉孙阿姨好看了好多。

孙阿姨最后一次外出后，再也没有露面，爸爸说孙阿姨要去一个很远的地方了。

孙阿姨走后，妈妈的信不时还来。从一个叫韩国的遥远地方。最后的一封信，妈妈说：过不了多久，外地的市场就稳定了，她也可以回家了。

如今我一个人在外求学，我常会想起童年的点滴，如果不是多年后我问起妈妈手臂上的疤痕，不知她是否会主动告诉我——曾经，在我成长的年龄，她和爸爸对我隐瞒过一个秘密，一个关于爱的秘密！

谷苗的中秋

导读：天真纯朴的谷苗，狡黠使坏的大胖，笔者呈现给读者的，是一个忍俊不禁的童年，一切都在那轮皎洁的月亮里飘香。

每年布谷鸟叫，村外的田间一片犁耙水响。那些蛰伏一冬的谷种，早已迫不及待地在一双双大手中落入田垄，等过半个来月，已是一片醉人的绿。七岁的谷苗这时最喜欢坐在田垄边，看大人们弓腰在田间插秧，听着秧歌伴随着滴滴答答的泥水声四处飞溅。秧苗儿在秧歌的滋养下，撵着日子疯长。等到了八月，那播出的一粒粒小小谷种儿，就长成一簇簇谷穗，它们佝着腰站在田间，惹得爸妈的眼角笑成了月牙儿。当爸妈在计算着每缕穗子有多少谷粒，每亩田有多少收成时，谷苗和哥哥大胖早掐着手指头，在倒计着中秋。

中秋节是谷苗和大胖最欢喜的日子。每到这时候，爸妈兴奋地把一年的谷穗全收进仓后，会忙不迭地擦擦那还溢着谷香的手买回月饼。当地的月饼多是圆圆的芝麻饼，最好吃的要数大畈月饼。里面有冰糖粒、桂花糖、桔梗丝、冬瓜糖等，表层手工敷上一层芝麻，经柴火烘烤后饼面呈黄色，泛出一层金色的釉光。轻咬一口，脆脆的，嚼起来咔嚓咔嚓，香极了。

等到中秋夜，妈妈就掏出月饼。刚撕开封纸露出的十个饼沿，就有一股脆香传来。谷苗和大胖涎着口水一人拿上两个，然后又给爷爷奶奶每人送去两个，留给爸妈的那份，妈妈又各自掰下一半分给小兄妹俩各半边。

大胖馋嘴，仅两口，刚到手的半个月饼就没了。在谷苗还对着月亮轻轻地一粒粒地舔着芝麻时，大胖两手空空的，早盯着谷苗狠命地抹着嘴巴。

"谷苗，你晓得谷子种在田里，为什么能长好多的稻谷不？"

"晓得哩，因为田里有土也有水。开春时我见种谷呢。"谷苗轻嚼着芝麻饼答道。

"那，谷苗，你晓得这芝麻月饼是么样来的不？"

谷苗又咬了一小口月饼说，"小伍哥说是麦粉做的呗。"大胖狠狠地咽下口水，凑近谷苗的耳朵，神秘地指了指院中的桂花树说，"傻谷苗，人家小伍那是骗你的！月饼和谷子一样都得有水有土地种，而且得种在桂花树下才长出月饼的。"见谷苗狐疑地睁大眼睛。大胖又说，"去年我就种过，第二天真的结了好多的月饼哦，谷苗，你想不想结出好多好多的月饼啊？想的话，咱也种去。"看着谷苗犹犹豫豫，大胖又说，"你不种？那我去喽，明天我有好多月饼时，你可不许谗哦。"谷苗大急，"哥，我种，我种，咻，都给你种。"那你闭上眼睛，"我种好了，你就在这守着。"

夜色已深，妈妈的唤声响起，"谷苗，洗洗睡了。""妈妈，我等着结月饼呢。"

当大胖的房里酣声作响，奶奶的声音也传了过来，"谷苗，得睡了。"奶奶，"我不睡，哥哥说，等到明早桂花树下就能结月饼了。"

夜越来越浓，妈妈抿着嘴角抱起歪倒在桂花树下的谷苗走向房中。一缕月光透过窗子洒了进来。照在桌上码起的月饼上，最上边的那个，迎着月光，咧着嘴巴笑得正欢呢。

萄葡园来了骗子

导读： 新生事物也好，新技术也罢，在被认可或接受之前，总是被拒之门外，为何？

金秋，湖村的葡萄户们收摘好一年的收成。从县城刚参加完葡萄种植交流会的葡萄王徐茂祥，刚到村口就愣住了，他家村北坡上成片的萄葡园被人砍掉！望着北坡上光秃秃的，茂祥急得直蹬脚，脚底生风快步赶到家中。

儿子明军此时正伏在堂屋中的桌前，身旁坐了个戴着眼镜的陌生男子，眼镜男子斯斯文文的，白白净净的手不时地在桌上指指画画着什么。看到怒气冲冲的茂祥进来，明军停下手中的纸笔，站了起来："爹，您回来了。"

"我再不回来，我怕这片家业也要毁了。"

"爹，看您说笑的，哪能呢……"

"少来，"茂祥一把打断了明军的话："你还坐得安啊？好好的葡萄园怎么给砍了？招谁惹谁啦？"茂祥褶皱的脸上满满地都是结儿。明军吸了口气，望了望身旁的眼镜男，"爹，我砍的。"

"啥，你砍的？你个孽子，好好一片萄葡园你说砍就砍了？"茂祥怒吼着，额上凸兀的青筋此刻像蛇样一起一伏地在蠕动着。

"爹，我就知道你不会同意的，所以在你进城时砍了。咱家萄葡园的葡萄早已过了挂果的旺盛期，我想栽上从法国引种的名种葡萄黑诺皮。"

"啥黑诺皮的？那洋玩意也是你能种的？"

"叔，北坡阴寒，全是石灰黏土的山坡地，很适合种它的。"眼镜此时插口接道。

"都是你的主意吧？你小子存啥心呢？我种了一辈子的巨峰葡萄，十河八弯哪家的葡萄有我种得好？那可是年年都到县城领奖状的。你竟然教唆我儿砍了葡萄园，种那玩意儿！还有你这孽子，早晚要让他骗死你！"

"叔，我就是冲您父子俩数一数二的种植技术来的。您种了一辈子的葡萄，黑诺皮是名种葡萄，是难种了些，但是可以克服啊。您就真不想挑战它？"

守候一株鸢尾

"哼，你个骗子。"茂祥气冲冲地走了出去。

北坡上的萄葡苗一天天地成长。茂祥每次走过坡地，总忍不住痛心疾首地蹬蹬脚。时不时地就能看到眼镜拉着明军在地边，这儿扒扒，那儿翻翻，看到茂祥，眼镜就毕恭毕敬地叫着："叔，您来了？"

"哼，你个骗子！"茂祥脸一瞅，然后指着明军骂开了："孽子，以后有得你受的！十里八村的，你见过谁种黑诺皮成功过？丰收或者欠收都会影响到酒质，到时的葡萄我看你自个全吃了。"

北坡上的萄葡开始篱架时，茂祥跛着步子又来了，眼镜毕恭毕敬地叫道："叔，您来了？"

"少来这套，架子给我搭牢些，坡上风大，莫伤到了秧苗儿了。"然后指着明军又叫开了："孽子，莫跟骗子学歪了。叶子再长些时就要修剪了，这是娇贵的种儿，果子不能让它多结了，否则占了养分会影响萄葡酒质的。"然后背着手，在明军和眼镜的呵呵笑声中下了坡。

当一片黄绿色的萄葡花开满北坡时，眼镜在北坡上搭起了草棚子，盆瓢锅盖全搬上了坡。茂祥天天拎着草铲子草剪什么的，这儿锄锄，那儿修修。一个个圆柱型类似松果的小葡萄成串后，茂祥又吆喝开了，"这果子像女孩儿皮薄怕羞，你们动作轻点，莫给我伤到了。"

北坡上的萄葡一片紫红时，在一个天气放晴的日子里，几辆标着"奥德曼酒庄"字样的冷藏车哗哗地开进了村。黑不溜秋的眼镜忙前忙后地张罗着。

坡上的萄葡一筐筐地往下运，不时地在一片笑声中夹杂着"啧啧"的称赞声："这果真鲜，这皮儿真薄，这次酿出来的酒可是极品啊！"

"那是，听说当时砍下葡萄时，老园主很不理解，咱们经理可真是用心良苦啊，培养出了这么棒的品种。"

"啥？经理？"茂祥停下脚步，不满地问道。

"叔，您老还不知吧？那个黑脸的眼镜就是咱酒庄开发部的经理呢。"

茂祥一愣，看着忙忙碌碌地搬运葡萄的工人，随即眼角堆起厚厚的一层泪花儿。

骑　廊

导读：女性胴体美之中，乳房必然是一道最亮丽的风景。而《骑廊》里的女性比乳房更美丽。

我是一个病人，我是一个心怀恶意的人，我是一个不漂亮的人。从住进五楼的住院部开始，我见不得每个挺着双乳从我面前走过的女人，我会在内心非常毒恶地诅咒她们，更多时诅咒她们的乳房。至于洗手间墙上的那面镜子，我都像躲瘟神一样远远避开。

照镜子，是我从前必备的功课，我喜欢每天的清晨坐在梳妆台前，细细地打点自己那精致的面容；我喜欢站在穿衣镜前，为镜中那个曲线玲珑的自己换上一套套新装；街头的镜子一次次映过我婷婷玉立的身姿，走在街上，我很享受那种来自路人眼里满是羡艳的余光。

隔着一道骑廊，对面是产科。产科里进出的人，脸上堆满着笑，那恣意的笑声让我感觉生活真的滑稽极了，同样都是住院，我这边但凡能见到的，都是病人痛苦的

守候一株鸢尾

面容，偶尔在过道上遇到邻室的病友，彼此的笑，像极了霜降后的茄子，掺着衰败和萧条的味道。

见到那个女人时，就在那道骑廊上。骑廊正斜对着我的病床，只要我靠在床上，就能看到骑廊上来回走动的人。女人那时正腆着大肚子，挺着一对饱满的乳房在她丈夫的搀扶下在骑廊来回走动。每走一步，跳动的乳房就把我的心狠狠地刺痛一把。

我的乳房也很饱满，儿子刚生那会，奶水非常足，每天喂饱儿子后，还得抽出很长的时间，把剩下的奶水挤出来，倒掉或送人。

再看到那个女人，是在隔天的早上。她在骑廊走动的步子明显沉了，那对硕大的乳房把刚换上的产妇装撑得近乎崩裂。她每走几步便蹲下来，随后在丈夫的搀扶下，继续蜗牛一样的蠕动，有时也会半曲着腰倚在窗边。当女人蠕回病房，我没见到她再出来。只是偶尔，能见她的丈夫倚在骑廊上抽烟，一支接一支的。

阵阵婴儿的哭声从对面传来，隔着那道骑廊，我看到那个男人的身影飞速一闪而过。

邻床的病友家属打开水回房后喘着大气说：听说对面有个产妇难产，血崩刚走了。我一怔，仅一下，鼻子随即嗤笑哼道：有什么大惊小怪的？这世界每一天都有人走，保不准明天就是你或者我！

一室人沉默了，几道冰冷的目光同时射向我。

我寒着脸退出病室。

产科尽头的产房门口传来一阵撕心裂肺的哭声，那个男人扑在刚推出的手推床上，紧紧地抱着床，那个乳房近乎把病号服崩裂的女人，此刻躺在床上，苍白的脸，苍白的唇，乳房颓丧地塌在胸前。男人抚着她的脸，紧抱着，过骑廊，一路哭声至电梯口……

几天后，在检验科排队输血时，我再次遇见了那个男人，他的眼里布满了血丝，一手提着一只装着奶瓶奶粉的手提袋，另一只手的臂弯里抱着襁褓中的孩儿。看着瘦小的孩子在他臂弯里一直不停地哭，我嘴里的话也有了温度："小子，还是姑娘？"

男人对着我一笑："是个姑娘。"又瞅着臂弯里的孩子，轻轻哄着，吻着："哦，哦哦——宝宝乖，不哭……"孩子粉嫩的小嘴翕动着，仍嗷嗷大哭不止，小嘴不停左右搜寻着什么……

我的心一软，轻轻接过他手里的孩子，让孩子的脸贴在我的左胸上——听说，女人的左胸能让婴幼儿慢慢安静。

如果她的母亲在，她那对饱满的乳房，一定能让她更快安静，想到这，我的心嘎噔一下，很痛，那种很逼仄的痛。我摸着自己空空的右乳，乳腺癌切除后第一次直视它的不存在。或者明天，我是不是也该做点什么了呢？

手

导读：鲜明的特征是小说成功的必备条件。《手》这篇作品以小见大，堪称独具匠心。

村子地处两省交界，村外新修的公路上，建了座收费站，往来车辆均须停车缴费方能通行。有熟路的司机，为省下这笔数目不菲的过路费，会从他所住村子绕行。

他是这个村的村长。

守候一株鸢尾

观察了几日后，他在自家门前挖了道深坑，过往的车，每辆收三五十元钱。那些司机明知敲了竹杠，但相对过路费来说，钱也不多，也就掏了，然后让他在深坑上垫块厚实的硬木板通行。

这天，他拖着厚木板垫坑时，不慎滑倒，不偏不倚栽在坑中，垫路的厚木板，也跟着跌落，重重地砸在他头上。

等家人来时，他手撑坑壁，人已气绝。

净身，换过寿衣，他被人放进了棺椁。盖棺时却发现，他那只撑着坑壁的右手，还悬在棺口上，帮忙的人用力压，无济于事。他的俊婆娘哭着扑上前抓着他的手说："放心走吧，我生是你的人，死是你的鬼，今生不改嫁！"众人唏嘘，他们夫妻感情一向要好。

他的手仍悬在棺口上。

一双儿女见状，双双跪在他棺前痛哭："爹，放心去吧，长大后我们会好好孝顺奶奶和娘的。"他在世时，对八旬的母亲极为孝顺。

他的手仍悬在棺口。

封棺的吉时眼看要过了，灵堂上，七嘴八舌什么主意都有，仍没法放下他的手。

有人扶着他娘从内堂走出来。

老人扶起地上的儿媳，又拉起啼哭的孙子，哆嗦着从衣兜中掏出几张零钞放在他的掌心："儿啊，那司机把过路钱送来了。"转身，对众人，叹口气后说："盖吧！别错过了吉时。"

一伙人狐疑地刚搬起棺盖，只见他悬在棺口的手，紧抓着钱正慢慢往下滑。

年猪汤

导读：杀年猪，是 20 世纪 80 年代之前村民们最渴盼的梦香，《年猪汤》再现了这一梦香，给那一段历史抹上了温暖而明亮的色彩。

父亲是一名掌刀。

掌刀用如今的话就是指屠夫。但父亲这掌刀和屠夫的工作性质却不相同，屠夫是杀猪匠人赖以生存的一种职业，而父亲只在过年时，帮左邻右舍的村人掌刀，杀年猪。

在我小的时候，湖村虽然家家都养猪，但一般人家却是一年难得吃上几回猪肉，因为平时养的猪，都是直接卖给肉铺的屠夫换钱花。但大多数人，都会留一条最大最肥的作为年猪，过年时杀了吃，贴补一家人那早已缺油生锈的肠胃。

我家也不例外。

一进腊月，就陆续有村人提前上门，约请我的父亲去掌刀。父亲从不推辞，他会早早地把那套掌刀工具磨了又磨，乡下人杀年猪有规矩，杀年猪得照着猪脖子一刀进"仓"，被刀捅进后的猪不能发出嚎叫声，猪开膛后那刀口里不能有任何刀绞乱的痕迹，也就是要杀得干脆利落，这样据说就象征着主人家来年会很顺利。

接猪血也有一定的讲究，首先在盆里放少许凉水和盐，刀子抽出后让血稍流一会儿再接，这样接下的猪血很干净，凝固得也快，经开水煮后，血块中呈蜂窝状，有嚼劲好吃。

守候一株鸢尾

当父亲和村人把杀好的年猪抬进大木桶时，主家早早烧好的水也提了上来。三五汉子脱掉外衣，吆喝着给猪淋水刨毛，开膛。父亲会帮着主家把猪头、猪蹄、猪下水（内脏）等各部分收拾得井井有条。猪头一般是除夕时供神供祖宗的贡品，得等到敬过神灵、祖宗后，再在"年夜饭"上出现；但猪肚、猪耳朵之类，会留给家里的亲戚正月来拜年时，切成一小碟一小碟的，连带一二两白酒，是男人慢慢咀嚼下酒的佳肴。血脖、里脊、硬肋、后肋等，按主家讲述的用途，父亲切分成一缕一缕的肉条子，主人家会在肉气冷却后，均匀地揸洒上盐巴，放进一口大缸里腌，等过上三五天，年猪肉入了盐味，再放进那个架在灶头上的木柜子里，让烟火慢慢熏成腊肉，这样加工过的腊肉很香，也不会变质。精打细算的人家，会把这些肉按"计划"分，年头到年尾都能滋润肠子。

我们湖村的人很好客，到了忙好吃饭时，主人家都会拿最好的上肉来招待。一般在杀猪之前，也会把重要的亲戚，如叔伯娘舅之类的血亲，早早地请到。另外要接的还有本族的长辈，住家临近的乡邻，不过除了特殊关系，一般一家只请那个男主人。

人坐定，菜都上桌后，女主人也不忽略那些没能来的女眷和孩子，通常会找上家中的大海碗，碗底上垫着一些白菜和猪血旺，在上边放上猪肉，加几片猪肝猪肺，吩咐自家年长些的孩子，把一碗碗以白菜为主的年猪汤送到各家。这些在如今看来不值一提的东西，但在那时，已经让人羡慕不已。能被人请吃上这样的饭，是幸运，更是面子，虽和地位权势无关，但一般稍微有面子的村人，主人家都会请，这样一来，家中就会连着几天有客要请。

到邻人的年猪都忙得差不多了，母亲也早早烧好开水，邻人们这时都会不请自到，男人们汗流浃背地忙活，女人们则不停地夸，夸父亲掌刀的手艺好，夸母亲的年猪长得肥壮。母亲则抿着嘴巴笑，手上的柴火往灶塘递得很带劲，到了锅里的肉熟透，母亲捞肉在肉板上切块，从不忘记切出两大块精瘦的上肉，递给早咽过几百趟口水的我和哥哥。到我们舔着手指，听还在隔壁的父亲大声地对客人说，多吃点，多吃点，莫客气时，会"魔法"的父亲已端起肉块站到我们跟前……

等我们兄妹俩摸着圆溜溜的肚子，打着嗝气，母亲的一大锅年猪汤也已备好。她在派我们向各家的女眷和孩子送年猪汤时，常常在我们临了出门，母亲又叫返我们，再往碗口上添块肉添口汤，看到我们端着碗呼哧呼哧地往外跑，母亲笑呵呵地站在厨房门口高喊：小心些，莫洒了，莫跌了……

尽管母亲的喊声还在耳边，我们还是端起半烫的年猪汤一路小跑，想着我们的伙伴开心地吃年猪汤，想着各家婶子对我们的表扬，还有一大捧奖励到的糖果花生……

如今很多年过去，母亲老了，老得再也养不动年猪了！父亲那一套掌刀工具随着年岁见高，逐渐地被束之高阁，长上了一层锈迹。

我们兄妹还会如常一样在春节时赶回老家过年。席间的猪肉，都是母亲早早从菜市场千挑万拣买来的纯土猪鲜肉。只是母亲每吃一口，总是说，"淡！"

"我感觉也是，是盐放少了？"父亲接口说。

母亲一笑：真还说不上来，只是感觉，这肉怎么总就寡淡寡淡的呢？

65

父与子

导读：父爱如山。怎样的父爱才像山一样厚重？作品通过邻居春花的眼睛，诠释了这四个字。

　　隔壁一整天都很闹，涛涛不时来春花的超市买些饮料啊副食品什么的。间或，他就支着胳膊肘儿压在春花的收银台上讨价还价，看着这个被大刘一手调教出来的市侩儿，春花哭笑不得。末了，涛涛又说："阿姨，你就优惠优惠嘛，今天是我生日哦，爸爸请了好多人来家里玩，我很开心哟。"

　　看着蹦蹦跳跳离去的孩子，对大刘，春花一脸不屑。

　　大刘的茶馆年春在春花隔壁开张，自己在南方航空公司找了份听说工资和待遇都不错的工作。可这人不修边幅到了极致，不，应该是吝啬到了极致。你看他，头发不长齐耳朵不上理发店，常年穿那套褪过色的南航蓝制服，一双严重变形的皮鞋穿在脚上，早已分不出原色到底是黑还是白。他那妻子，春花与她相邻大半年，更是压根没看见她穿过五成新以上的衣服。平日里，他茶馆的生意，都是妻子带着十岁的涛涛留在店中打理。只有到晚上大刘休息，隔壁才传来大刘给涛涛的讲课声。而正值学龄的涛涛，就此被这个吝啬鬼剥去了他做学生的权利，失去了进学校接受教育的机会，小小年龄就成了这般市侩的小商人。

　　对大刘的不屑归不屑，对涛涛这个小商人，春花眼中满是怜悯。

　　涛涛常为家庭作业和大刘闹别扭，闹完就来春花店中哭诉。哭完后把鼻子一抹，又乐呵呵地嚷着帮春花招呼客人。想到这些，虽然平素不愿和大刘交往，春花还是在隔壁不时传来的人声车声音乐声中，拎了一大包涛涛爱吃的瓜果副食走了过去。

大刘看到春花进来，很意外地搓着手，招呼她坐。春花看着闹哄哄的小派对，对涛涛送去祝福后，找了一个借口退了出来。

涛涛再次来春花店里时，手里棒着一大块蛋糕，小脸红扑扑的，老远就冲着春花喊：阿姨，吃蛋糕！走进店门时，却不慎被门口的小石头磕了一跤，一跟头倒在地上后半天没动静，等春花跑出来时才发现，倒地上的涛涛脸色青紫，手脚不停地抽动，口边有大块的白沫流出，下身的地上湿漉漉一片尿液，她吓得赶紧往隔壁找大刘。

大刘听到喊声冲出店门，伏在地上解开涛涛的衣扣和腰带，又把涛涛的身体侧翻一旁，两腿轻压着涛涛不停抽搐的手脚，伸出手掌放在涛涛一侧的牙齿间，另一手不停地擦净他口边的唾液和呕吐物，伴着涛涛不停的抽搐，大刘的手掌渐渐由红到白，由白到紫，最后一股鲜红的血从涛涛的牙缝流了出来。

抽搐状态持续了近十分钟后，涛涛的脸色渐渐缓和，也慢慢松开了咬着大刘手掌的牙。看到大刘，涛涛的嘴巴撇起，在地上左右翻滚起来，任大刘如何轻哄，就是赖在地上不起来。大刘见状，把地上的蛋糕左一块右一块地轻拨在涛涛脸上，随后掏出手机给涛涛拍照，拍好后笑呵呵地递给涛涛看，涛涛看到手机里自己脏兮兮的糗样，才在大刘的笑声中从地上蹦起身，直往茶馆中钻。

大刘看着一旁不解的春花，擦去手掌的血对她说：

守候一株鸢尾

"涛涛从小患有癫痫，在学校时因为常发病，所以不得不退学在家由我上课，我也一直在努力挣钱，想早日让涛涛和正常孩子一样地生活……"

大刘佝偻着腰转身离去时，春花看到四十不到的大刘，鬓角满是白发。她的心一悸，狠着抽了自己一记大嘴巴。

孝顺在线

导读：百善孝为先，合适到位的孝最值得点赞，比如《孝顺在线》，让微信栖息在家中老人生活的树枝上，温暖人心。

刘老太六十岁大寿，刘家三兄弟同时返家给老娘庆寿。

老大做皮具生意，大嫂做人处事一向是全家的模范，出手阔绰。刘老太寿宴那天，大嫂当众取出一个限量版名牌包，打开精美的外包装后，往婆婆肩膀试着一挎，刘老太立时洋气不少。一屋子的亲戚都称赞："啊呀，这老大媳妇真孝顺啊！老太太，您老有福！"

婆婆笑呵呵地边抚着包边埋怨："老大媳妇，这也忒贵了，留在店里，还能卖个好价钱呢。"

大嫂挺挺胸一仰头说："妈，孝敬您，应该的。再说了，您出门，也须有副好行头啊！"

"那是，那是……"一屋人附和着，又开始称赞大嫂是好榜样。三嫂站在客厅听见，脚往后退了两步。

做服装生意的二嫂，此时抿嘴笑笑站起来，从挎包里掏出一个方方正正的锦盒，走到刘老太跟前说："妈，您打开看看，喜欢吗？"众人的眼球又随着老太太的指尖被放大——一只纯金的镯子大气地躺在锦盒中。二嫂蹲下身，把镯子给老太太戴在腕上，一屋亲戚又啧啧称赞："啊呀，这老二家的会办事，明事理啊！老太太，您有福，太有福了啊！"

刘老太也呵呵笑着，轻晃手腕嗔怪地对二嫂说："啊呀，老二家的，这，又花你不少钱吧？"

二嫂轻甩新烫的长卷发说："妈，瞧您说的，这是媳妇孝敬您！钱也不多，不过两万呢。"

二嫂话刚落，一屋子的亲朋好友直赞："看看，看看，这老二家的，就是有孝心。老太太有福啊！"

三嫂的脚再次后退两步，不自觉地把手中的提袋向身后掩了掩，心想这下该怎么出手啊，可她只是一工薪族，与经商的大嫂二嫂没法比。可大家的眼光此时却移向了她。

硬着头皮打开手中的提袋，三嫂红着脸把花了一个月工资买的一只三星触屏手机递到婆婆跟前。一屋子静下来，大嫂二嫂先一怔，随之都捂嘴笑。好在老太太立即打圆场："老头子，看到了吧，还是老三家的懂我，上次我就相中这机子，就你死老头子嫌我不会玩，硬是不买，这下好了，不求你咱也有了。老三家的，快，快教我怎么玩。"老太太说完挪了挪身子，在大嫂二嫂和一屋人的惊诧中，连连招呼三嫂去教她。

三嫂红着脸教老太太熟悉手机上的功能键，顺着也帮忙开通了 QQ、微信和微博。

酒店的生日宴上，婆婆挎着大嫂送的名牌包，戴着二嫂送的金手镯，手里拿着三嫂送的手机，见人就笑，逢人就招呼。最后连酒店的服务生都在谈论：这老婆婆有三个好媳妇。只有三嫂红着脸跟在后面。

生日宴后，刘家三子又奔赴各自的城市，开始了忙碌的工作。家里只剩下退休的老俩口。

遇上不忙时，三嫂还会习惯地打电话和婆婆闲聊。不知几时起，刘老太的话题从早前的家长里短，慢慢过渡到新闻、娱乐，间或还有些时尚话题。三嫂打趣刘老太："妈，您挺时髦喔！"电话那端，老太太不乐意了："时髦啥啊？怕人笑，咱那名牌包和金手镯还没戴呢。这也不叫时髦，这叫跟着时代走，你给我申请的扣扣中，这些都有！"

不久后的一天，婆婆突地打电话给三嫂："老三家的，快，上微信，帮我去点赞！"没等老三媳妇弄明白怎么回事，那边却"啪"地一下就挂了电话，打过去，占线，再打，还是占线。

上微信，点开微信号，朋友圈里，真还有老太太刚发上去的信息。大意是几时到几时，朋友圈内点赞超过100个，发送点赞数截图至XXXXX可获床垫一个。三嫂点了赞，又发动旁边的同事一起加老太太的微信号，帮忙一起赞。

傍晚时，手机上有嘟嘟的微信提示，第一条语音："老三家的，我中啦，真中了！"

刚听完第二条也跟来了："就是那床垫啊！工作人员说明天就寄到……你妈把豆腐炒到了肉价格，价值不到100元的床垫，你妈打电话找人点赞差不多花了100多块的电话费……""死老头子，就你话多……"微信那端的语音未落，老俩口却已笑作一堆。

摸　秋

导读：金色的月光下，让盼着早日抱孙的老憨摸到了一个金色的期盼。

吃完月饼赏过月，月儿开始往西斜。儿媳妇银环从外面溜了一圈，带着一身清新的泥土香回屋。老憨对她说，银环啊，你和贵根几时去？

银环嗑着瓜子，不慌不忙地地耷耷眼皮："爹，早呢，晚点去行不？"

"早？不早呐，再不去，秋果果都给人摸光了。"

"爹，都啥年代了，就你信这套。偷个瓜摸个果，银环就能给你生大孙子？"儿子贵根不满地把手里的花生往桌面一扔，对老憨说。

"摸瓜哪能叫偷？祖辈传下来的规矩，到你嘴里全变味了。"老憨不满地瞪了儿子两眼。

"爹，要去你自个去，银环，咱进屋看球赛去。"银环没动，继续嗑她的瓜子。

"南瓜，南瓜，就是男娃娃嘛，你娘要不是中秋夜摸到瓜，能有你这兔崽子？你说不去就不去，那给我养个大孙来你就不须去。"老憨冲着贵根的背影气咻咻地骂。

"爹，我不是年年都去了么？为啥没效果呢？"银环在一旁细声细气地说。

"那是因为咱摸到的秋果果都不是最大的。"

老憨忽想起贵根刚刚抛花生时，地上有几下响，就边弯下腰边骂：兔崽子，十块钱一斤的花生就你舍得扔！

守候一株鸢尾

眼睛贴着地面找了半天，没果，手探的范围也大了。我明明听到响的，怎就找不着了呢？

一旁嗑瓜子的银环听罢，把手里的半把瓜子收进桌面的袋里，拍拍手掏出手机，把手机屏幕对向地面，紧跟老憨的双手蠕动。好半天，老憨才站直身，把手中的几个花生球放进袋子里，拢拢袋口，仔仔细细扎好后冲银环一笑："银环啊，还是你懂事，贵根不去，爹陪你去，村里哪家地上种了啥，爹都熟。"

银环看了看内屋，又看了看老憨，"嗯"了一声。话刚落，她突地一捂肚子："爹，我的肚子不舒服。啊呀哟，痛，真痛！贵根，出来扶一把。"

贵根出了屋，一手捂着嘴，一手把银环半扶着进了屋。才一会，老憨听到屋里传来小俩口的窃笑声。老憨叹了口气，一个人迎着细碎月光，踩着青石板往沟子坡走。

村里数芸婆种的瓜最好，胖乎乎的。同样是瓜，别人家不是圆的就是扁的，芸婆就能种出稀罕来。她种的南瓜长得似棒槌的，一头大一头细的似胖娃娃，炒着脆口，炖菜香酥酥的。更为重要的是，村里新媳妇只要中秋夜在她家摸秋摸到瓜，来年准抱娃，而且还是男娃娃。一想到能有男娃娃，老憨就咧开嘴笑了起来。

午饭后银环邀他上湖村的集上走走，说顺便给他添件夹衣。银环说："爹，秋来了。"老憨不想去，他一个人去了芸婆的南瓜地。他不要新衣，他更不好意思跟自己的儿媳妇银环开口说就想抱大孙子。

芸婆的南瓜地在沟子坡，去沟子坡必须绕过大半个潘河。摸秋有摸秋的规矩，天色越晚越好，还不能点灯，否则就不灵了。潘河堤两边的柏树林挡着月光，小道上明一阵暗一阵的。老憨的步子跟着高一脚低一脚的，尽管小心翼翼，老憨过沟子坡时还是摔了。他挣扎了半天才爬起来，老憨感觉摔伤的脚腕针扎样痛。这人年纪一大，老胳膊腿常不由自己。也难怪，过完年他也七十了。老伴走后，他一个人拉扯着贵根，把日子过得风清月明的。唯一让他遗憾的，就是家里少了娃儿的哭闹。

南瓜地到了，他摸索着找到自己午饭后作好记号的位置。午后他来时，满园子他都逐个逐个地摸了个遍，反复比量了个遍，把最大的那个做上记号。怕给人摸去，还特意在南瓜上盖了层草秧子。

让他意外的是，他在做好记号的草秧子里翻来覆去没找着。

老憨抽了口凉气，是芸婆摘了吗？那也不对啊，芸婆一向不是小气人。每年中秋，她都会在地里留些瓜啊果的，供村里的人出来摸秋，很多时候还尽往大里留。那，是不是自己记错了呢？年龄一大，他常把东西颠三倒四地忘。

老憨不甘心，再次碰碰磕磕地在做好记号的草秧子旁仔细地找摸，半天还是没有找到那丛草秧子，只是在同样的位置上摸出了一把马齿苋，在马齿苋拿开的那一瞬，银白色的月光下露出一坨金色釉黄——正是老憨藏起来的那个瓜。

老憨怔怔地捧着手里绑扎得整整齐齐的马齿苋。因为土质，这沟子坡从来不长马齿苋。这是哪来的？突地想起儿媳妇银环刚刚蹲在院里照他找花生时，鞋底满是湿湿的黄泥巴，老憨握着手里的马齿苋，心窝里一热——这马齿苋，湖村人叫它安乐菜，很多人还称它是长寿菜，老人出来摸秋，少不了捎上一把。

向鸡蛋致敬

导读：一枚小小的鸡蛋，能蕴藏下后妈的多少爱？这样的后妈，母爱同样的令人动容。

周末回家，班主任拍拍他的肩膀：明天是母亲节了，回家里要向母亲致敬，能做到吗？

他一路踢着石子往家走。这个突来的难题让他感觉困惑。向母亲致敬？妈妈在自己六岁时就不在了啊！

那向小姨致敬吧？想到小姨，他踢石头的力道就加重了。

妈妈重病不治后，小姨就开始来家中照顾他。为他洗衣，送他上学，做他爱吃的菜……妈妈走后，小姨也开始关心爸爸，做爸爸爱吃的菜，为爸爸买衣服，买鞋子。小姨常煮他爱吃的糖水蛋，看着他大口大口地吃，就心疼地摸着他的头问：恒，好吃吗？他点头。没人时，小姨就红着脸悄悄问他：恒，我做你妈妈，好不好？

他吃着鸡蛋，可着劲地点头。

直至一天，爸爸带回一个女人，说：恒，这是给你找的新妈妈，叫她妈妈好吗？一旁的小姨拉他进内房，红着眼抱着他：恒，别叫，她不是你亲妈！

他突地别过头问：小姨，叫她妈妈，她会给我煮糖水鸡蛋吗？小姨有些吃惊地望着他，曲起手指轻敲他的额头，敲过后泪水大滴落下：你这孩子，怎么光知道吃啊？她的鸡蛋都掺了毒药，不怕毒死你吗？他还是一脸无辜，抬起头问：小姨，你不是说鸡都是我妈妈养的吗？鸡蛋怎能掺上毒药？小姨语塞，捂着脸转身跑了。

　　小姨忙着相亲，不久外嫁了。临走，她红着眼抱着他泪流满面。那刻起，他似乎长大，蓦然顿悟妈妈真没了。那位爸爸让他叫妈的女人住进来后，他小小的眼睛带着深深的敌意迎向女人。因为这个女人，失去妈妈的他，从此也失去了疼他的小姨！他越来越沉默，小心翼翼地沉默，应对着感觉越来越陌生的爸爸，以及家中比爸爸更加陌生的新成员。

　　他最幸福的时光，只是在一声声"咯嗒，咯嗒"的鸡叫声之后，他理直气壮地在那位该叫后妈的女人的注视下走向鸡棚，小手伸进鸡窝，轻摸出那圆弧的带着温热的鸡蛋，然后走进厨房，踮起脚尖，小心地把鸡蛋放进锅里，放水，点火，加燃柴，然后双手抱膝，盯着燃烧的炉火等待开水翻滚，鸡蛋熟透。然后小心地捞出，边哈着热气边旁若无人地慢慢地剥开吃起来。常常吃着吃着，他的眼泪会悄无声息地流下脸颊，滴在鸡蛋里，嫩嫩滑滑的鸡蛋瞬间香起来，而他，更是愈发地爱吃。

　　他决定向母鸡致敬。是的，向家中的那只芦花母鸡致敬！

　　这只芦花母鸡是妈妈在世的时候养的。妈妈说：咱家恒儿这么爱吃鸡蛋，养群鸡贴补下咱恒的小胖肚也是好的嘛。

　　妈妈养的鸡在一年一年消失，最后仅剩下这只他喜欢的芦花母鸡。多么可爱可敬的一只母鸡啊！直到他上中学，仍能让他每天拥有一只属于他一个人的鸡蛋。

　　走入家门的时候，后妈如往日一样站在门口招呼：恒，你回啦？他如往日一样，淡淡地"嗯"一声，面无表情地走向鸡窝，从鸡窝里掏出鸡蛋，小心翼翼地回自己的小屋，然后"啪"地一声重重锁上门，留下一脸黯然的后妈立在小院门口。

守候一株鸢尾

"赵恒妈妈，远远我看到这孩子向你家的芦花鸡敬礼，怎么回事？他没有向你说些什么吗？"

在小屋的他，突地听到班主任的声音从院外传来，忙屏着呼吸，悄悄走到门边，把耳朵紧紧地贴在门缝中。

"没。他不习惯跟我说话的。王老师，您来了！"

"我不放心，来看看。顺便送些鸡蛋你。年龄大了，您自己也得保重。别只顾赵恒这浑小子。"

"又劳烦您送鸡蛋……只要恒爱吃，可惜我养的，他不吃。所以家里不敢养别的鸡。只是……现在纯色芦花鸡越来越难找，就这只，还是不下蛋。"

"唉！这敏感的浑小子。真是难为您了！"

"嘘！咱再小声些，他在内屋。"

……

他在小屋听得真切。

记得老师说过：一只鸡的寿命最多是七年！

算算家中的芦花母鸡该有十岁了吧？它怎么能还活着呢？伏在桌面的他猛一惊，看着桌面的鸡蛋，他猛地跳起来，有些恼怒地捏紧双拳。好一会，他松下拳，头慢慢低下，久久后，他弯下腰，含着热泪向鸡蛋深深地行了一个鞠躬礼……

银杏愿

导读：一段历史，一个凄美忠贞的爱情，在血与火中，千年袅袅，令人闻之色变，读后断肠。

世间唯有你叫我杏儿。

多年前，他们告诉我你的信息时，我眼前一黑瘫倒在地。当我喃喃着再次醒来，帐外一串串低低的泣声传来，透过朦胧的帷帐，我看到老营的兄弟姐妹跪在我的床前。望着眼前一张张憔悴的苍老的脸，视线再一次模糊了我的眼睛，一张张熟悉的脸交错着一串串早已远去的人名，影影绰绰在我眼前游走，更多的却是你的影子在交织重叠。

第一次和你相识，你一身青布麻衣站在银杏树前舞剑，你的剑眉深锁，可你的剑气如虹，把月光劈成一缕一缕，瞬间就迷醉了我朦胧的双眼。我自小爱剑，更爱舞剑的侠士。带着想与你切磋的借口，我抛去了作为女子该有的矜持，慢慢走向银杏树下的你。

熟悉之后，你我靠在树旁，你说，"你我相识此树，我叫你杏儿可好？"

我喜欢你叫我杏儿，有你，什么都甜。

可你为何郁郁寡欢？

终于你说：杏儿，傀儡皇帝当朝！内有阉臣把持朝政；外有敌寇虎视眈眈；天灾人祸连年不断，百姓民不聊生食不果腹，这……如何是好？

说这话的时候，你忧心忡忡，我心如刀绞。你忧，我恼！

你除贪官救百姓，感动了很多人，越来越多的饥民为求温饱加入了你的队伍。你作战勇敢，有胆有识，你带着我和我建立的老营南征北战。每到一城，你立遵"剿兵安民""三年不征"的仁义之誓，从而深受越来越多的人器重。你打襄阳，战汝州，定长安，攻北京，推翻了腐败的王朝，没收了腐败王朝压榨百姓、巧取豪夺的巨额不义之财还之于民。你数次拒绝了腐败旧臣献来的美女，盟军送来的佳丽。你愿意一身麻布粗衣，黄

守候一株鸢尾

昏时在千万人的注目下牵着我的手，走上北京城墙冷咧的城台上看天空飞过的鸟儿，看翩翩起舞的风沙。你却不知，吹湿我眼睛的，不只是那风沙，还有你看我时炽热的目光。

如果不是吴三桂降而复叛引清兵偷袭；如果你不是为了掩护我平安撤退陕北，而转路鄂赣；如果不是那鼠疫横行，兵病将倒，你何至于累倒在九宫山！最后化作了一丘黄土！

那九宫山峰层峦叠嶂，树木蓊蓊郁郁，风景旧曾谙。可我一路步履沉重。

行至你的墓前，手捧着你坐骑上遗下的金马蹬，抚着你刚劲有力的"永昌年号"的刻字，一行清泪滚落酒杯。没有你的大顺军还有脊骨么？没有你的老营纵有7000万两白银的军饷又有何用？没有了你的杏儿如何去面对人世间苟延残喘的日子？

我站在老鸦崖前，一箱箱财物抛下，什么巨额军饷，没有了你的大顺军人心俱冷，均田免粮早已没有了主心骨，留下如此巨额财富只会贻害无穷。

最后一箱财物抛入崖底，我仰天而泣，纵身跳进了万丈深渊。

一条灰色的道袍急疾而来，一声长叹，已离缓缓坠落崖底的我越来越远！

我一次次倒去了孟婆递来的汤，一次次拒绝了轮回的道。我的游魂在九宫山脉久久不散，没有了你，纵然转世又如何？我只想做一棵小草在你坟茔遮露，化一朵小花在闯王陵旁相依。

一声熟悉的长叹由远而近而来，灰色的道袍飘飘，白色的拂尘纷扬。

我泫然对着张真人跪下，苦苦哀求。

一声长叹中，我被化成一粒种子，随风洒落在瑞庆宫前，世上已不再有那个唯一叫我小名杏儿的你，也就没有了一个叫高秀英的女子。我成了一棵树，一棵长在瑞庆宫前的银杏树。三百多年过去了，在这雾霭腾腾的九宫山脉中，我伫立在瑞庆宫前，与山下的闯王陵遥遥相望，我在烟火袅袅中祈祷，等待与你还能有重逢的那一天！

后记：

百度有关于银杏的词条：银杏由于其叶子边缘分裂为二，而叶柄处又合并为一的奇特形状，被视作"调和的象征"，寓意着"一和二""阴和阳""生和死""春和秋"等等万事万物对立统一的和谐特质。银杏叶极似心形，所以又可以看成爱情的象征，寄予两个相爱的人最后结合的祝福……看到这里的时候，我想起了我那遥远的故乡，我想了故乡九宫山上的那些百年老银杏！我在想：它们有前生吗？它们能有故事吗？

五月槐花

导读：槐花的芬芳，熏香着一个爱恋故事，告诉了读者一个槐花蜜一般的传说和无奈。

槐花凹每到五月，一顶顶简易的帐篷一排排整齐的蜂房，就会准时出现在林间、路边。今年的洋槐刚打开花骨朵，白中透绿挨挨挤挤的刚挂上枝头，一股淡淡的清香已传遍湖村。

家住槐花凹口的杨贵生，一大早又让秋意骂着撵出

守候一株鸢尾

了家门。秋意说：日你妈妈的杨贵生，村里男人都进城做工赚大钱去，就你守着几坵破田混日子，还整晚整晚地溜马路辘子，你等落钱啊？

家对面的马路辘子上，多了座简易的帐篷，这是座一夜间陡然长起的帐篷，不远处还有一溜儿码着的蜂箱，嗡嗡作响的蜜蜂四处乱飞，杨贵生看到这熟悉的帐篷，嘿嘿地笑起来，抬手擦了擦被秋意挠出血痕的脸，就看到了从帐篷里走出来的春暖。

春暖还穿着那件她男人穿过的旧纺衫，明显地比去年更瘦了，长长的衣服套在她瘦小的身上，肩胛骨突出，这儿一块，那儿一块的。她站在帐篷前，眯着眼睛望着对面走来的杨贵生。此时秋意的骂声传来：又往哪走？你有本事滚了就给老娘莫回来。杨贵生动了动僵硬的嘴角，有些尴尬地对春暖笑笑：她还是这样子！

一只蜜蜂扑面飞来，杨贵生挥了挥手，随即哎哟捂着手指大叫起来。春暖皱着眉头怔了，见杨贵生蹲在地上捂着手指，略一迟疑后转身进屋，打了盆肥皂水走到杨贵生跟前。她拉过杨贵生的手，指了指被蜜蜂蜇过的地方，开始挤压起来。

秋意不知几时走过来，她捏着嗓子说："哟！不愿出门赚钱，家门口倒是蛮受欢迎的嘛！咦，这不是哑巴春暖吗？"杨贵生立即缩回手，春暖一把扯过杨贵生那只蜇伤的右手泡在肥皂水中。抬头看着秋意，春暖指了指杨贵生的手，又指了指旁边的蜂箱。秋意哼了一声，又开口骂起来：日你妈妈的杨贵生还不上田去？

杨贵生轻叹了口气，看了看秋意远去的背影，望着春暖喃喃道：哎，暖，这秋意臭毛病不改，我这日子，还能过的不？

哎，暖，秋意要是有你这么贤惠多好！

哎，暖，你家生子走了这么些年，你怎就还一个人呢？得找个人帮帮你了！

哎，暖，你要是能听能说多好，我就能和你多说会话。唉！幸好你什么都听不到，你要是能听到，这些话我都不敢说。

槐花凹的洋槐在一夜间全开。杨贵生忙完田里的活计，喜欢坐在门口看对面的春暖忙碌。大多时候，春暖戴一顶自制的网纱帽，套着手套，穿梭在嗡嗡作响的蜂箱中，蜜蜂盘在她周围飞来飞去。杨贵生很担心蜜蜂会蜇到春暖，有时他坏坏地希望蜜蜂蜇到春暖，这样他就能借此上前去看看春暖，再对她说会话，就算她听不到，也能说。

春暖偶尔也会转过头看杨贵生，看着他笑，然后小心地取出蜂箱里蜜脾子，拿到帐篷前的摇蜜桶里，手左一下，右一下地开始甩蜂，采蜜。有时她会把新摇出来的蜜泡上一杯，然后对杨贵生挥挥手，杨贵生心里便热烘烘起来，只有这个时候，他才感觉到一天的劳累在春暖的挥手中尽数褪去。

洋槐短短 20 天的花期结束，春暖开始收拾她的蜂箱，然后一点点挪上她那辆小小的四轮车。杨贵生在屋前走来走去，恨不能飞过去帮上一把，可看着一脸寒霜的秋意，他的脚底也开始结冰。

好不容易熬到半夜，他轻轻起床走向对面，把春暖整理好的沉重的蜂箱搬上车，又帮着春暖解拆帐篷，一阵夏风吹过，春暖揉了揉眼，杨贵生失声叫了一声：春暖，小心！春暖猛然回头，一旁卷起的帐篷正慢慢往下滑，她侧身一把推开杨贵生，帐篷不偏不倚啪地倒在春暖脚下。

"春暖！你能听得到？"杨贵生欣喜地扶着春暖问。

春暖低着头，红着脸搓着衣襟，好一会后，她小声说：医生说，我这失声耳鸣都因刺激而起，暂时性的。

对面传来孩子的哭声，不多会秋意的骂声在夜空炸雷般响起：日你妈妈的杨贵生，崽崽一直哭，你死哪了？

杨贵生叹了口气，沉着步子往家挪去。

好在槐花凹的洋槐一年年开了谢，谢了还开。

镜　子

导读：我们就是彼此的一面镜子。母亲对我偏心的表面，隐藏着一份深沉的大爱。

自小就感觉娘不喜欢我，甚至是极为讨厌我。这种想法随着我的年龄增大而愈发滋长。

我娘话少，对姐和哥极其慈爱，好吃好喝的，全让给他们。唯有对着我时，话似连珠炮般，噼噼啪啪还蹿火苗。

记得我九岁生日那天。一大早，我看到娘在杀鸡，心下大喜，这不年不节的，她一定是为给我生日而杀鸡。当下很高兴，想着午饭时间尚早，就去了后山。捡完柴，我看到林中有不少野花，红通通的煞是好看，忍不着又采了一捧。尽管我不能确定娘是否会喜欢这花。

返回时，我愁了。要花还是要燃煤的柴草呢？看了看手中的花，想着柴太重，我扛不动，还是吃过中饭让娘来吧。

我抱着花刚到家门口，娘就在大门口拦着我，劈头盖脸骂："杨叶，你个疯丫头死哪去了？"我当时来气，不理她径直往厨房走。"鸡呢？"我走出来问她。

"啥鸡？"

"你杀了给我过生日的鸡啊。"

"没有！"她气呼呼地转头不理我。我怔在原地半天。当我后来知道，鸡已先进姐和哥的嘴，对那些娘给我留下来的鸡肉，我一口没动全倒进垃圾桶里。那捧山花被我扔在屋后，用脚踩了个稀烂，当然也没对娘提及，后山坡我还捡了一堆柴草。

从此我更甚地和娘对着干，顶嘴成了家常便饭。很多次，同院的婶娘怜爱地抚着我的头叹："杨叶啊，论长相，你们姐仨就你跟嫂子长得像！论性格，也就你最近她。为什么你就不能讨得她的欢心呢？"

我不懂，也不想知道答案。我只想尽快长大离开娘。

一次无意中我听到婶娘她们闲聊说："嫂子年轻时可活泼了，人热情，说话脆生生的泼辣得很。现在却似变了一个人似……"隔壁的李婆婆也插嘴说："是啊，要是阿福那晚没出事多好！"

她们说的阿福是我爹。自小我就没见过他。不过我家正堂墙上挂着他的照片，娘常常对着照片，一坐就是大半天。每隔些日子，娘还会从菜园子里割一把新艾草放在照片旁。就算在冬季，她也会定期换上夏季时储藏好的新艾。

我当即来了主意，把娘刚割下的艾叶抱到屋里，点了一把火，让它在房里烧起来。阿娘冲进艾烟，灭熄火后怒气冲冲地吼我："杨叶你疯了？你个死丫头皮痒了？"

"蚊子多，我熏蚊子啊。"看着娘气得发抖，我嘻嘻哈哈地笑。

"都秋天了，哪来的蚊子？"

守候一株鸢尾

"嘻嘻……"我边笑，边往外跑

"杨叶，你站着，看我抓上不揍扁你！"

"来啊！来揍我！抓不上，那剩下的艾叶，你自个全吃了。"我风一般地跑，娘喘着粗气在后面追。隔得远，我就故意停停。到娘近了，我又往前疯跑几步。看着娘气喘吁吁，我得意地仰头大笑。笑着笑着，没留意喘着粗气的娘已撵上前，手中的棍子重重地打在我屁股上。

"跑啊！叫你跑！"娘边喊，棍子边一下下落在我屁股上，我站在原地，高高仰着头，既不动也不向她求饶，任她打。

到了夜里，我的屁股火辣辣地痛，我咬着被头，趴在枕头上抹眼泪——憋了一天的眼泪，一个人时全倒了出来。

迷迷糊糊中，我感觉有人走近到我的床头轻轻掀开我的睡裙，我猛睁眼睛，刚要抬身起来，感觉到一双粗糙的大手在抚我屁股，轻轻地在伤痕上涂药。接着还有一声声熟悉的叹息。是我娘。我忙闭上眼睛，假装熟睡。

过了一阵，又有脚步轻轻进房，在我的床边坐下。沉默一阵后，我听得婶娘的声音响起："阿嫂，她还小，懂啥呢？打了她，你在这心痛得要死，何苦哩？"

"这丫头太任性，嘴巴刁钻不饶人，跟我年轻时性格一样。这跟种树一样，幼时歪了不扶，长大就是棵歪脖子树。我不想她跟我一样再吃性格亏！"

"咋会呢？"

"咋不会呢？我若不是那通火镰子，杨叶她爹也不会气得半夜光着膀子往外跑。他要是没出去，就不会……"

两声重重的叹息过后，屋子陡地安静下来。

我的心堵得特厉害。挣扎着爬起来，第一次当着娘的面，我的泪哗啦啦地流了下来。

第三辑 最美的情书

　　这一组情感小说，作者用散文式语言的高要求进行叙述，把诗的美感植入小说，演绎情感，生活里不能没有水、空气，文学里少不了诗。无论哪种文体，缺了诗意即寡淡无味，少了生命力。小说蕴含诗意，如同蓝天上的彩虹，阳光之下的云霞，溪流中泛浪花，生动、形象、引人入胜，言尽而意未尽，情真而境远。本组作品语言精练，行文流水般娓娓叙述了一家庭，一个院落，选取一个个生活片断组建故事。作者细腻的描写，跟着笔下的情感起伏而起伏，为生活的坎坷和变数而扼腕，而作者此时就是医生，她用散文诗般的语言作引子，煎"小小说"这副药，以治愈当下病态的情感。

　　　　　　　　——孔帆升（湖北咸宁）

守候一株鸢尾

导读：对于病人，情感犹其是有记忆的，是那一丝丝情感的光芒，把许多病人即将枯萎的生命浇灌、唤醒、点亮……

这是一座旧式的院落，青砖灰瓦，靠南的墙角布满了青苔，黄的绿的一直蔓延至墙根，破落的院门随风吱嘎作响，风卷起地上的叶片打着旋儿满院飞扬。

她倚在门牙边，怔怔地望着对面的篱笆院墙，那儿曾经蔓延着一大片鸢尾花海，鲜亮的紫色如火焰般蔓延，所有的线条热烈地扭曲着，每一朵花都似探向天堂的手掌，一阵阵浓烈的气息，可以轻易将任何一个路过篱笆院墙的人拍晕。

可惜那只是曾经！

那时男人很年轻，虽说不上伟岸，有点瘦，但是身板儿结实，细小的眼睛眯着笑，闪着亮亮的光，一天到晚围着她转。她说，"鸢尾真好看，瞧那花瓣，像极了鸢的尾巴。"他笑得更欢，眼睛贼亮贼亮地望着她。

到了春天，院子里似变戏法般开满了花。

一场病后，男人变了，暴虐的吼声响遍每个角落，院子也荒了，如同她的心，都长满了草。

屋里的男人此时又咳了起来，夹着混糊不清的骂声："又死哪去了？"

她皱皱眉，叹了口气，返身走进屋内。男人的咳嗽似拉风箱响起，佝偻的脊梁陷在被里筛糠般地喘，他那干瘪的脑门上稀稀的几绺头发在动，紫黑的脸皱成一团仍不忘记开口咒骂。见她站在床前，他拉扯着她的手："不耐烦侍候我了？想走是不是？走啊……我让你走！"又掳着她欲伸过来扶他的手，指甲狠狠地陷进她的手臂中，一阵阵剧烈的咳嗽在耳边响起。

她含着泪，下意识地抿紧嘴唇，手臂的刺痛钻心地袭来。曾经，她的手臂无数次被他拥在怀中，而今所有的温存早已尽数褪去，残存下的仅是一道道狰狞的血痕。想到此，她再次抿紧双唇，紧紧地，唇边的血痂又一次裂开，一缕血丝沁了出来。

男人停了咳嗽，终于松开了她。

她倚在篱笆边，每次哭过之后，她都习惯呆在这儿。低头，脚下的篱笆缝隙中透出一缕绿色：一株鸢尾弱弱地耷拉着藤蔓，一如现在的她，虽还年轻，却已是面容灰暗，头发干涩，眼睛无神。她叹了口气，轻轻移出藤蔓，随手拔去周边的青苔，培了些土，小心地把它偎在篱笆墙边。

一场连绵的春雨浸湿了整个小院，泥泞的篱笆墙边，她在雨后意外地发现那株藤蔓居然活了下来，而且越发地旺盛！在周围的绿色杂草中显得格外醒目。她盯着藤蔓，久久过后，心突然一动，转身从屋内找来了锄头。

破旧的院落经她整理，小院顿时宽泛了许多，那些枯败的叶儿，新长的嫩草被她拢在院外。院内那丛绿色的藤蔓立时带来了一院的春意。她大汗淋漓地除去外衣，又动手修补那早已残缺的篱笆，抬头时，发现男人此刻站在窗前，安静地望着她。

她一笑，对着男人无意识地一笑。男人一怔，望着她，目光掠过她裸露的手臂，停住了。她望着自己手臂

守候一株鸢尾

上卧着蛇一样突兀的疤痕，慌忙拾起地上的外衣赶紧罩住。再抬头时，她发现男人的眼里波光闪动。

男人开始变得安静，不咳时，静静地坐在院中，看她在院中忙忙碌碌地走动，有时会走上前，轻轻擦去她脸颊淌下的细汗。而她，在男人静静地注视下忙忙碌碌地培土，忙忙碌碌地移栽，紫的花，绿的叶……

她记得，男人曾为她种过一院鸢尾。

男人咳嗽的时候，脸还会被憋成紫黑色。此时，她会轻轻地拍着男人的后背，然后取了汤匙，男人孩子般，任她将汤汁一勺勺喂进嘴里。她不忙时，也会安静地坐在男人身边，看着男人，看着小院，静静地。

春日的小院中，有一株鸢尾在绽放。

初　恋

导读：以路灯为道具和线索，把安瑞无言中的深情，决绝中的等待写得感人至深，摧人泪下，是个很好的微电影脚本。

"小沁，我去东莞先等你！"

和所有老得掉了牙的电视剧一样，妈妈无意中看到这张被安瑞塞在我窗台的小纸条后，狠狠地给了我一记耳光。我捂着火辣辣的脸，又听到她扯着嘶哑了的声音在吼，"你小小年龄不学好，难不成真想去菜市场卖猪肉？"

安瑞是巷口卖猪肉钟叔家的小儿子，大我一岁，和我从小学到高中一直是同学。但后来安瑞突然因为打架而退学，在一家摩托车维修店当了学徒工。白天他和师傅在店里学修摩托车，晚上与几个师兄一起帮人组装摩托车。

安瑞总会在晚上九点左右组装好摩托车，然后他以试车为借口，一溜烟儿把摩托车骑出大街，九点半准时出现在第一高中的侧门口。

九点四十分下的晚自修，同学们还在忙着收拾课本时，我已悄悄地溜出教室，然后躲过老师同学的视线，轻轻地绕过操场走向学校的侧门，找到侧门口那只一直向右方闪跳的转向灯，我捂着嘴巴走近倚在摩托车上的安瑞时，他对我扮过怪脸后帮我戴好头盔。尔后又会变戏法般地拿出苹果橘子，或是一些小点心。坐上摩托车后，听晚风一路扑哧扑哧地在耳边掠过，安瑞的上衣随风呼哧呼哧地吹起，我轻轻地拉着安瑞那被风卷起的衣边，任他带我环城转悠。边吃边彼此诉说着一天的趣事，有时安瑞故意在前头大喊，风大听不见耶。我赶忙咽下口中的食物，一次又一次地在风中大声重复着刚才说过的话，直到听他在前边吃吃怪笑，才明白被耍，忙不迭地对他又捶又捏，安瑞则不停地讨好求饶。等吃完手中的食物，安瑞的车轮也差不多悄悄地滑到了我们所住的小泉巷。他会把车停在巷口正中，让前大灯一直照到黑暗的巷子深处，看着我装模作样地打着手电筒进入家门后，他又轻轻地滑动车轮子骑向不远处的摩托车城。

巷子里的路灯因久坏无人接管，半夜时又发生了一起抢劫案。安瑞再送我的时候，被刚好在巷口等我回家的妈妈逮了个正着。安瑞说，"试车时看到了路上走的小沁，就顺道载了她一程。"妈妈半信半疑地看了看安瑞，但从此的晚自修，再忙她都会守在学校门口等我。从此

守候一株鸢尾

我也只能在周末陪妈妈买菜的时候，匆匆路过维修店时偷偷地瞄一眼安瑞，抿着嘴看着满手机油的安瑞对我做怪脸。

而到发现那张纸条后，妈妈就像影子一样到处都跟着我。我一赌气偷偷去了东莞。然而东莞不是我们的小泉巷，我怎么也找不到安瑞那张带笑的脸。

之后很多年，我回过老家很多次，可我从来没有再见过安瑞。钟叔的猪肉档早已搬离了小巷，也不知去了哪里。

一次我无意中在街头碰到高中时传达室的李叔，他说，我辍学后他接到过我好几封来自东莞的信。因为一直无人认领，他又不知我家的地址在哪，只得又退了回去。断断续续地我又听人说，安瑞在东莞一家铝合金厂做了很多年的业务员，安瑞在东莞的业绩一直都很突出，安瑞后来在东莞娶了一位私企老板的独生女儿；安瑞不知怎么回事又沾上了毒品……

再后来，巷口的老人说，安瑞不在了。安瑞其实是个很懂事的孩子，安瑞在世时个人出资修好了巷子里的那条路，那路两排雪亮的路灯照得夜如白昼。而记忆似枚青涩的酸果，我的心已被那两排路灯照得一片潮湿。多年前的晚自修回家，如果没有安瑞，我遭遇的一定不只是抢包和扯衣服；如果后来的安瑞不是为了讨说法找上去与对方打群架，成绩优秀的他一定不会被学校开除；那么，安瑞一定还有另外的人生……

在一家大排档，我哭泣着对男友（现在的老公）说到这里时，他静静地听着，举杯对着西方久久，倒酒入地后他说，"安瑞，谢谢你帮我照顾着小沁。"

37 度情感

导读：你的青春岁月里，像她一样狂热地追过明星吗？

人的正常体温是 37 度左右，温暖而不让人失去理智，这是护士周星星很早就懂的理儿。

周星星想见刘德华，这个想法从中学时第一次听《忘情水》就冒了出来。之后很多很多年，《天意》《练习》《我恨我痴心》等声音，连同刘德华迷人的笑脸陪同周星星走过懵懂的青春期，然后按照父母设计好的路线，和同院的医生杨小安走进婚姻的琐碎。

只是想见刘德华的想法，却随着时间推移，像野草一样周身蔓延。

想见刘德华，就必须去香港。周星星把这个想法再一次讲给杨小安听时，杨小安的眼睛停在显示屏上，许久，终于转身望向周星星，说："幼稚！做了妈的人还在幼稚！"

杨小安不同意，周星星泄气了。

想到计划又将落空，周星星感到无比的失落，心头的野草在锅盆瓢碗中就散出了浓烈的腐味。终于，杨小安在这股腐味引发的胃糜中升起了白旗。

按照早前八卦杂志收集到的消息，周星星落机到香港后就直奔九龙，然后进商城买了套价格不菲的衣服。另外，她特意租车去了趟卡顿，做了一个很时髦的发型，这才去了多加利山。虽然周星星并不知刘德华寓所的正确方位，但周星星打量着自己的装扮，还是很自信地踩

守候一株鸢尾

着高跟鞋上了多加利山找刘德华。

多加利山寓所的保安听到周星星要拜访刘德华，很温和对她笑笑，说：刘先生此时不在多加利山，您上他的影视公司去找吧。周星星一拍脑袋瓜子：对啊，人家是大明星，大明星该多忙啊！这大白天怎能在寓所呢？

好在周星星的功课做得很足，一早就打听到过刘德华的天幕影视公司，不，是已更改成映艺娱乐影视公司，一路打车向观塘奔去，一咬牙齿，高价住进了富利广场附近的酒店。

映艺娱乐很气派，只是在门口时，又被保安拦住了。听说周星星找刘德华，保安很礼貌地问，"您预约了吗？"

周星星又一次拍着脑袋瓜子：对啊，人家是大明星，多忙啊，谁见都见吗？怎能不预约呢？随即又自嘲地笑出来：我一个内地来的小护士，怎么预约？

那么，守吧！古人守在树旁都能捡到兔子，巧明街也就巴掌大，守个人不是难事。

钱包一天比一天瘪下去时。杨小安打来电话，提醒周星星该回去了。此时的周星星已在多加利山和映艺娱乐轮守了一个星期，听到周星星沮丧的声音，杨小安就善意地提醒：要不你去星光大道……

星光大道？那只是一个标志性的地牌而已，周星星不待杨小安说完，就气呼呼地关了手机。

三天后，头发凌乱的周星星坐在酒店一侧的花坛旁，捏着手中不多的几张港币，重重地叹了口气。

星光大道，刘德华两只清晰硕大的掌印嵌在路面上。周星星蹲在刘德华的掌印边，她细细地端详着地板上的掌印，轻轻地摸着，然后小心地伸出她的右手，放入地上的掌印中。冰凉的地板上，她感觉到刘德华的体温离她越来越近，有一瞬间，她看到这双手拿着话筒，一遍一遍地对着她唱着《忘情水》，一遍又一遍……

不知几时，天上下起了细雨，一条有力的臂膀拥着她，抬起头时，浑身发烫的周星星看到了刘德华溢着笑脸站在她面前，她一软，靠在来找她的杨小安身上。

酒店中，周星星小心地抬起那只似还存有刘德华温度的右手，一次又一次地用纸巾小心包裹着，复又散开纸巾，把几天没洗的右手仔细地擦了擦，随后取出腋窝下那支杨小安从内地随身带来的温度计。

体温停留在 37 度！

不知听谁说过，情感类同体温。或者，是吧！周星星突然想笑，却轻轻依进了一旁的杨小安怀中。

桃花巷七号

导读：他们为什么分手？这其中有什么故事？结尾处小径再通幽，使小说在曲折中彰显艺术之美。

常在周末，女人在小市场口徘徊半天后，才走进市场那家唯一的生鲜档。

从打鳞、剖鱼，到挖肠、划背、灌洗，阿宝的每一个动作似注入了音符，一条鱼在他手中旋转翻飞，忽左忽右就跳起了舞来。付钱，找钱，然后阿宝目送着女人的背影慢慢地在视线里消失……

女人挺着大肚子再来时，阿宝终于开口问了句，快生了吧？她开口笑，是啊，都九个多月了呢。末了，她又说，孩子他爸喜欢吃我煲的鲫鱼汤。说这句话的时候，她笑容满溢，可阿宝却感到如鲠在喉。

守候一株鸢尾

　　长久的一段时间消失后，女人再来时，她喜滋滋地抱着一个初生的男婴。阿宝打鳞，剖鱼，到划背、挖肠，反反复复地灌洗了很多次才把鱼递给女人，在女人付钱时候，阿宝那带着淡淡的鱼腥味的手推开了女人柔软的手，结结巴巴了半天后说，鲫鱼汤下奶，权当是我送的贺礼吧。女人脸一红，对阿宝轻轻一笑，走了。

　　此后每个黄昏，每次阿宝都会挑一条最肥的鲫鱼，然后仔细剖好洗净，他对女人说，天冷了，你回家后就不用重新再洗。听得女人的眼睛就蒙上了一层薄雾。

　　又一段长长的日子消失后，女人再来时，形容枯槁，双眼红肿，怀中的婴孩也不见了踪迹。阿宝立即就想到了产后抑郁症这个词，在池中抓鱼的时候，心倏地狠狠地痛了一下。女人在付钱的时候，连同一张卷着的纸片递了过来——纸片上写着地址。

　　桃花巷七号，一间逼仄的出租屋。女人呆滞地坐在窗前，阿宝立在门牙边，看着屋内沉默不言的女人，进退不是。半晌后，他讷讷地走进后间的小厨房，放下他带来的鲫鱼，放油，切姜，落火，煎鱼，细火熬煮，他还时不时地望向坐在窗前呆若木鸡的女人。

　　浓白的鲫鱼汤，溢着香味被端上来后，女人抽动着鼻子喝过一口，放下碗扑在阿宝的怀中，随后哇的一声哭了起来。她说，从前他每次来我这，我都会精心准备一锅鲫鱼汤等着，两年啊！我却不懂鲫鱼汤也可以这么香甜。

　　阿宝拥着女人，鼻子酸酸的。

　　女人的头埋在阿宝怀中，带着鱼香的唇就轻轻地凑了上来。阿宝嗅着女人身上淡淡的清香，战栗的手摩挲着女人曲线丰满的身体，在逼仄的出租屋床上，如冬日里枯死的木头，在雪地上陡然开出了一朵又一朵娇媚的花。

从这一夜起，女人不再去阿宝的生鲜档买鲫鱼。倒是阿宝会常提上一尾鲜活的肥嫩鲫鱼来看她。然后仔细剖好，洗净，装进专门煲鱼的棉线袋里，用细火煨一锅浓香爽滑的汤给她喝，有时他还别出心裁地加入红枣桂圆，他说这样的鲫鱼汤不但清甜，而且对产妇的调理是最有帮助的。

直把听得女人如醉如痴，而后又双手捂面大哭，哭过后，女人就会攀上了阿宝的身体，战栗着的桃花巷七号，又有了一浪又一浪爱的美好。

只是她很少对阿宝提及那刚出生的孩子，更不说孩子去了哪里。阿宝也从来没有开口询问。

其实阿宝一早就知道那男人已有妻室，只是那财源茂盛的男人，妻子却无生育能力。而女人自以为离开了阿宝，跟上那男人就能吃香喝辣，生了孩子就能永远站稳脚跟做阔太太。直到为那男人生过孩子坐完月子，那男人偷偷抱走了她生下的男婴，从此杳无音信之后，女人才如梦初醒：她失去的不只是梦，还有她十月怀胎的孩儿。

只是女人不知道，那个男人曾经也找过和她青梅竹马的阿宝。

但更多的时候，阿宝来桃花巷七号，真的只是想看看女人，亲手为她煨一锅浓浓的鲫鱼汤。因为从前女人说过，她最喜欢鲫鱼汤。现在，他只希望，在一碗碗浓浓的鱼汤里，能赎回他等了多年的爱，还有深深的愧疚——那个男人，曾以阿宝的名字买下一套装修考究的房子。

紫色花伞

导读：平平淡淡才是真，以伞喻人，以伞喻情。多少年后，我能记起的，只有你紧紧挽着我的手臂一起走向雨中的那双手。

晚饭过后，收拾好厨房的家务活，若琳走入客厅时，自家男人和女儿小慎已不见了影子。

一屁股坐下来后，若琳懒懒地翘起双脚，靠在沙发上有一茬没一茬地调动着手中的遥控器，反复二十多个频道转来转去，却没一个能对上眼的，干脆就啪地一下关了电视机，房子里立时清静下来。

窗外原本淅淅沥沥的小雨此刻也开始滴滴答答地落大了起来。风从窗户钻进，一股寒意让若琳忍不住打了一个哆嗦。这天真的冷起来了。

就这一寒颤，让若琳记起小慎的冬装还躺在干洗店没取回来。照老天这样的下法，明天定会更冷。小慎明天还得上学呢。想到此，若琳起身披起了外套向壁橱走去。男人习惯骑车上下班，而车中本来就备有雨衣，所以家中的两把伞一直都是她和小慎在用，饭后，小慎碗一丢就连同她的粉红绣伞一齐消失在家中，往她同学家中玩去了。

然而壁橱上方那本来置放着她那把紫色格子伞的位置却是空空的，莫不是男人赶麻将桌时顺手也带走了伞？

窗外的雨还是滴滴答答地下着，一点没有停下来的意思，一丝失望涌上心头，正欲关上壁橱的门，眼角的余光突然扫向橱下角，那是一堆闲置的物品。若琳轻轻地拂去那堆物品上的尘粒，赫然地又露出一把紫色花伞，拎起伞儿那一刻，若琳的心针刺般痛了一下。

那是紫色的花伞，伞的主人花了 15 元钱买下了它。

上月，若琳被单位派去参加一个联谊会。本来去时天气好好的，没有想到走出会场时已是狂风暴雨。当若琳走进路边的士多店时，紫色的花伞仅剩下最后这把了。在若琳正要伸手的同时，伞已经到了一个男人的手中。若琳有些恼火地抬起头来，嘴巴立时惊得好大，对方同时也大吃了一惊。

"志成！"

"你还是喜欢紫色雨伞！"

在志成热辣辣的目光中，往事也一一幕幕涌起。校园下曾经共撑的小花伞，躲在伞下，除了紧靠在一起的头部，那时身上的衣服全被淋透，尽管身子冻得瑟瑟发抖，但两人心里都是暖和的。在所有人都认为他们毕业后会顺理成章地走向婚姻时，志成却和某高官的女儿订了婚。

期待，虽然若琳是那么的期待可以再次相遇，毕竟爱曾经那么真实地在生命中停留过！而今，真的能够和昔日的恋人相遇，难道是上天注定的？想想两个人的生活轨道原本就不再交集，只不过是因为这场突然而来的风雨，再次偶然相遇。只是此时遇见，是一个美丽的意外？还是错误的意外？它可不可以再延续？

若琳轻叹了口气。伸手打开伞架，"哗的"一声，就听到伞骨折裂的声音。半晌，若琳就呆在那儿，呆呆的，一动也没动。外表看似很新很美的一把伞儿，骨子里却也是如此不堪一击。若琳重重长叹了一声。一抬手，手中的伞扔向门边垃圾筒。

守候一株鸢尾

门外一股雨的气息涌了进来，男人拎着湿漉漉的伞笑着走了进来，"桌儿没赶上，想着你一个人在家，也就不想等了，干脆还是回来陪陪你。"一低头看了看那把被若琳扔掉的伞儿说："伞儿挺新的，怎么就给扔了？"

若琳转身取过毛巾，轻轻擦去男人脸上的雨滴："伞骨断了！你回来得正好，我正要伞去干洗店给小慎取衣服呢。"

男人重新穿上刚脱下的鞋子："我去吧，外面雨太大了。"

"一起走吧。"若琳锁上了门，紧紧挽起男人的手臂一起走向雨中。

5 号桌的女人

导读：水底激流涌动，水面波澜不兴。默默守爱的女人，就像是断臂的维纳斯，呈现给读者的，是一件精雕细琢的工艺品。

她总是习惯性地在午后出门，穿过几条街，越过两道红绿灯，然后下午三点准时出现在黑楠的咖啡厅。

在临窗的五号桌前坐下后，她点上一杯咖啡，静静地靠着窗，看着窗外车水马龙，一手搅动着咖啡，另一手紧紧地攒着手机，手机静静的，从没有见她拨动过。这样的一种姿势，直到夕阳西沉，夜空落下帷幕，方静静地离开。

女人三十岁左右，一头长长的卷发盘在脑后，长长的裙锯，每天都是不同款式，眉眼低垂，五官精致而苍白，姣好的面容总有一股淡淡的忧愁锁在眉间。老时间，老地点，老姿势，日复一日，一坐就是大半天。到后来，每逢下午，临窗的五号桌，黑楠干脆就吩咐服务员留了位。女人来时就坐那儿，女人没来就空在那儿。有人问及，黑楠裂嘴一笑，那是专座，人家一早预订的。

在一个百无聊赖的夜里，黑楠偶然地一头撞进女人的博客，从此便忍不住夜夜驻足，每次他都是悄悄地来，静静地去，从不曾留下他的只言片语。在女人那些躲躲闪闪的文字中，他了解到这是个上帝宠幸过的弃儿，一场车祸，女人失去了她做母亲的权利，同时失去的，还有她曾经一度认为牢不可破的婚姻。

多么让人震惊的信息，女人再来时，黑楠的眼中就多了一份怜惜。有时也会在女人的桌前坐下，静静的一杯咖啡，静静地陪着她看着窗外川流不息的车辆，来来往往的人群。

久了，黑楠发现，女人最喜欢看对面走过的人群，特别是孩童，眼神痴痴地望着。更喜欢留意那对在下午五时出现在路口的男女。男人三十多岁，开一辆黑色的小车，每天将车停在对面的路口后，再小心打开副座上的车门，轻轻地扶下一个女子，那女子腆着大肚，轻轻地依在男人身上，一脸幸福地朝对面的小区走去。每每此时，女人的眼神哀伤，攒着手机的手总会哆嗦地发抖。

时光就这样不紧不慢地穿梭着，好几天黑楠都没有看见女人来咖啡厅的踪影，他开始有了度日如年的感觉。在那几个漆黑犹如海水一样深不可测的夜，他守着女人的文字花园，静静地驻足，静静地品味着她的悲伤。

"孩子！两个心中有爱的人，就算没有孩子，也是可以幸福地携手走完终身啊。"终于，黑楠沉不住气了，在她的文字花园中留下了他一行硕大的脚印。

女人再来时，对黑楠，苍白的脸上有了一丝笑容。还是五号桌，还是一杯咖啡，靠着窗静静地搅动着，眼睛盯着窗外车水马龙，相同的时间，对面马路上那辆黑色的小车徐徐开来，男人下车后，绕过车子来到副座，打开车门，那个腆着个大肚子的女子此刻抱着刚出生的BB走下了车。

女人看着窗外，颤抖着手咖啡着搅动，咖啡不时地溢出。她攒着手机深深地吸了口气后，沉思片刻后，抬手拔出一串号码。一个平静的声音在5号桌边响起：恭喜你，终于做了爸爸。我选择放手了，你带着她，来她家对面的黑楠咖啡厅吧，我们可以谈谈怎么协议离婚了……

电话挂罢，女人对着黑楠轻轻一笑，很明媚的。

海棠红

导读：离了这片适合它生长的土壤，你多精心，它还是萎靡不振。但阴峡里为什么会开出这般美丽的花呢？曾经计划了很多，只是真没料到，眼泪会成为此行的产物。

最初真是不知道，看着那瘦不伶仃的一丛长在后院阴角里，不见开花，不见抽茎，和满院的姹紫嫣红大相径庭，她自作主张，在婆婆每天离开后，悄悄地把它搬到了院中朝阳的地方。

叶片儿长着细微的斑点，她心痛，守着那丛瘦不伶仃的绿，延长了不少日照时间。

　　婆婆爱花，但工作忙，早出晚归的，难怪叶子会缺少光照而发霉。而她，新妇初嫁，上司陈畅，不，应该是丈夫陈畅，也有心留她在家多些时间适应适应。

　　叶儿似与她较上了劲，越是搬来搬去地晒，斑点儿越重，卷缩着叶，本来瘦不伶仃的，此时多了一分耷拉的萎。婆婆蹲在后院，心痛得直掉泪。

　　半是为了澄清，半也是讨好，陈畅回家后，一家人聚在饭桌时，她说："这花儿怪折磨人的，这些日子我没少遭罪，一天里来来回回地搬，而今却是越来越病重了。"婆婆眉毛一皱，问："你搬过晒太阳了？"她讨好地点了点头，匙中的汤喝得滋滋作响。婆婆的眉毛拧得更紧，不满地望了望陈畅，放下筷子进了内间。她的汤匙悬在嘴边，看着同样怒目的陈畅，不知所措。

　　那丛瘦不伶仃的祸害最后还是叶落茎枯了，婆婆冰冷的脸上不再有笑容。陈畅一直责怪她不该多事，他说："那是海棠，不能暴晒，你明知妈最爱是它，却给晒死，真不知你居的什么心。"

　　她能居了什么心？说到底，在他们母子心中，是自己不如那丛该死的海棠。她感到无比的憋屈，很快结束了婚假，找到离家较远的新工作，并以工作为借口，搬离了这个新居不久的别墅。

　　忙忙碌碌的新工作短暂地平复了她的郁结。陈畅不时会来找她。她很客气地招待，请一群友人陪着逛街，吃饭，玩乐。到了晚上，她仍旧硬着心地钻进公司宿舍，留下一个光光的脊背，给黯然站在门外的陈畅。

　　直到有一天，她莫明其妙收到了一套去野三坡旅游的门票，一张以她名字订过酒店的预订单。她怔在办公室内，捏着这套薄薄的门票，始终猜不透。打电话给陈畅，那边很久无人接听，接通后又矢口否认。她有些赌气："当

守候一株鸢尾

捡来的，不玩白不玩。"并很快请了假，踏上了去保定的火车。

野三坡风景秀丽，难怪一直被人喻为是世外桃源。对着门票中的游玩项目，白天骑马、滑沙、放竹排、坐索道、攀岩。到了晚上，参加篝火晚会，与那些少数民族共舞，她一下子忘却了很多不快，当她精疲力尽地回到下榻酒店，倒头就进入了梦乡。那一晚，从没有过的踏实。

一清早的敲门声传来，她惺忪着睡意拉开一条门缝，却意外发现一脸笑容的婆婆端着餐站在门边。看到她，婆婆努努嘴顽皮一笑："棒馇粥，营养又开胃哦，吃完了我当导游带你玩去。"她一怔，怀疑在梦中，"导游？带我？"从没听陈畅说过，婆婆来过野三坡。

两人穿过环路进入百里峡，沿着峡壁上的绿一直走，一条哗啦哗啦流着的瀑布瞬间抛去了外面的酷热，沿路的翠壁兀立耸入云天，狭窄的一线天里面怪石嶙峋，花草满地，尤为引人注目的是那密密层层的红色花海，一大片，一大片，整座峡壁，似披了一大块红毯。她正奇怪为什么阴峡里会开着这般美丽的花，婆婆说："这是海棠峪，咱们家后院的那株，也是我多年前从这儿移走的。"

她再次一怔，吃惊地望着婆婆。

"这儿的海棠都是野生，但是——你看，很鲜艳很吸引人不是。但，只要离了这片适合它生长的土壤，你多精心，它还是萎靡不振。也难怪陈畅的父亲会留在这。"

"公公？他不是……"

"多年了，这些花经他打理，还是开得这般的好！"婆婆喃喃着，自言自语，眼里却尽是温柔，"当初……当初他执意留在野三坡是对的。我不该和他赌气。回深圳后，陈畅出生，我也不许他们见面，可这么多年，我事业做得再好，过得仍是不开心！"

她心一动，望着那片火红的花海，又望向婆婆，沉默。

婆婆又说："古人借花抒情，称它为断肠花。我把这儿的海棠带回深圳栽养……却不知，野生的植物都有灵性，好比人！可幸福在左，我为什么却执意向右绕行呢？孩子，其实我还得谢谢你搬移了那盆栽，否则我还在执着。只是，只是苦了我的孩子们……"婆婆哽咽着，拉着她的手。

休假结束，她按照原定计划一个人返回了深圳。婆婆送她上车，火车渐行渐远，她转头时，看到婆婆清瘦的身影还在月台上对着她挥手。她捂着发红的眼睛，曾经计划了很多，只是没料到，眼泪会成为此行的产物。

谢谢你爱过我

导读：在分手的场景中，不是悲痛，更不是悲剧，而是悲哀。他们因缺乏心灵沟通而葬送爱情，葬送男人的生命，从中流露的，是对当下有情人敞开心扉沟通的劝诫。

七拐八拐的一条陋巷进去，男人朝榕树底的那间食肆对她努了努嘴，就它吧。

推门，侍者优雅地迎了上来。在临窗的藤桌前立定，她环视着四周，又望了望门外的陋巷，才算真正明白什么叫天壤之别！望了望身边的男人，她有一瞬间的犹疑。男人是工薪族，最后的分手宴，还有必要奢侈么？

守候一株鸢尾

　　此刻男人已轻轻为她拉开藤椅，缓缓扶她坐下，看他小心谨慎的样子，她又有一丝内疚。分手二字实在不该提出，男人该还爱她的吧？

　　但随即她又释然了，能怨她么，早就相好的婚房，到付款时，他却说，钱都借给兄弟了！而后一直躲着不见人影了，打电话，总说忙，忙，好忙！一直不露面。在他心中，还有她的存在么？分手是她提出来的，女人嘛，总还得为自己留一丝尊严吧！也幸好是她先提出来，男人听完，仅说了句，请你吃餐饭吧。

　　而此时，男人眼里炽烈的目光透亮透亮，望着她说，沁儿，这是河豚食肆！专供的。今天的日子，就请吃你坊间流传已久的河豚子吧。

　　河豚子？她惊叫出声来。如此奢靡的吃食！难怪店内外有如此的天壤之别。那次她也只是好奇地问问，说不知河豚子是什么味道。哪知他竟当真。何况最鲜美与最剧毒都于此！男人安什么心？她站起来欲走。

　　立在一旁的侍者接口道，我们食坊开出优厚的报酬，专门有请人试食河豚子，这间食坊开了多年，从就不曾毒死过任何一个食客，姑娘就请放心食用吧。言罢，对着男人轻轻地一笑。

　　等待的过程很漫长，她看着身旁那些大朵快颐的食客，竟也释然了。

　　盘子端上来了。雪白的河豚刺身整整齐齐地码在细花瓷盘中，薄薄的，隐隐能见到盘底的细瓷花。

　　男人自管自顾，伸出勺子舀了一口放进自己嘴里，接着又夹起河豚片往嘴边送。一股莫明的悲哀袭来，她为刚刚一瞬间的内疚而惭愧。男人说到底还是只有他自己。而她，只不过是他刚刚转眼而逝的温柔！她别过脸，望向窗外。

片刻，男人停了下来，似乎想起了什么，放下筷，思忖。然后掏出了手机边瞄向她，边飞速按动键盘。女人一阵心悸，男人真是变心了，这般地肆无忌惮，是发信息吧？为哪位女子呢？她尽力把眼泪悄然压回眼眶，说，我去去洗手间。

男人倒地的前一刻，她的手机同时接到一条信息：沁儿，我爱你！我的舌苔在开始发麻，也许，真是中毒了！所以，你一会别动筷子了！对不起，一直都让你失望着。婚房的钱，我自做主张借给兄弟，但我怎能因为你不喜欢，忍心见他有病没钱治？好在，我赚到了我们的房款！银联卡还在你租房的枕头下，密码也没变……

陋巷里的食肆因为出事，被查封。

而她，却很意外地接到了食坊老板托人送来的一纸河豚试食协议书。她的泪滑在男人签名后按过的指印上，落下了一片触目的红。

金玉满堂

导读： 时光是一只橹摇的船，咿咿呀呀地，不经意间已滑向另一片水域，当你奋力挥桨时，有一个人，一直站在岸边等你。

烟雨江南，碧玉周庄。

又是一年的元宵夜，闹过花灯，放完烟火，猜完灯谜，水乡风味再次客座满堂。

木子忙忙碌碌了一整天，骨头早似散了架般难受，却又睡意全无。酒坊的檐下，有一对红灯笼随风自在地

守候一株鸢尾

飘，光线似水泄过，双双伶俐地映在水里。

漫步走在临水的石桥上，他又想起了阿曼。看着月亮散落在水中波光流翠，那对红灯笼随水波相映在一起，夜空不时还有鞭炮鸣响，炮竹响过后，夹着一阵欢声。过后，石桥又安静下来，静谧中带着一丝伤感。

木子神色黯然。那些遥远的回忆，和阿曼之间青涩的点滴。

相传富可敌国的沈万三，因为有聚宝盆。银子浜，萍红藻绿，河面波光闪烁，酷似无数碎银铺在水面，芦茭茂密的尽头，有一泓水，下通泉源，经年不枯，水下的古墓，埋着沈万三的灵柩。

阿曼一次无意中透露，好想也去银子浜看看，看那碎银铺在水面是什么样的。木子听了大乐，问阿曼有免费的佣工要不要？阿曼的脸儿红扑扑的，羞赧地望着木子低下头。

木子心仪阿曼，阿曼也有那层意思。

穿过一条窄窄的小巷，来到沈万三水墓前。弯弯曲曲的银子浜，河水静静地流淌，隐隐能望见河中央的泥头桩。阿曼连连撇嘴，木子却欣喜不已，看来民间的传说不假：当年朱元璋修南京城墙，沈万三曾数次拿出巨额的银子资助，后来工程超支，朱元璋要求其献出聚宝盆，沈万三无奈，只得将银子埋藏在银子浜底下。

木子兴奋不已。那头的阿曼却撇嘴嚷着夜里到河埠看灯，阿曼无数次听人说：周庄的夜最是美妙，古香古色的砖雕门楼依河而建，在桥街相连的水巷边轻摇着小船，看着岸边绿影婆娑。这一切曾经勾起了阿曼无数的暇想。

到了夜晚，七拐八弯的水巷桥洞里，镶嵌的彩灯亮起来，灯光直洒河面，把一座座古桥的倒影映在河上，河面不时漂浮来一盏盏荷花灯，灯里的蜡烛闪动着火苗。阿曼欢呼雀跃，木子却心不在焉。

木子是夜里在银子浜被老魏逮住的，当阿曼看着老魏手中的锤子和凿子，又看看垂着头立在一旁的木子，抬手一记响亮的耳光印在木子脸上，淌着泪离开了周庄。

木子再次被老魏湿漉漉地从银子浜拎起时，老魏粗糙的大手捆在木子脸上："孬种！我这一大把年纪跟在你身后劝，你还想不开，咱银子浜的水不淹孬种。哪个年轻时不犯浑？跌倒就要爬起来。"看着失魂落魄的木子，又说："我家有座叫水乡风味的酒坊在银子浜不远，你要不嫌弃，先去我那待上一段，想通了，若还想跳，我绝不拦你。"

木子留在周庄。三年光阴转眼过去，老魏更老了。老了的老魏以养老为名，把酒坊盘给了木子。

经老魏一手调教的木子很出色，他酿出来的酒，味清酒醇，成为水乡风味里的特色，但凡来周庄游玩的客人，都很乐意绕道来水乡风味，亲口尝尝木子师傅酿出来的清酒。走时，他们也不忘记给亲友捎上一份，木子呵呵笑着给客人打包，临了，也从不忘记多送满满一桷，不少客人竖起拇指说：真不愧是周庄的酒，地道。

而从前，木子真的瞧不起这种一板一眼的手工作坊。

只是，谁能想到，清澈流长的浜上水，他没有找到子虚乌有的聚宝盆，银子浜一度成了他的噩梦，而给他带来噩梦的老魏，却在冥冥中又拉了他一把。

远处不时有乌蓬船在灯雾中行来，曲调悠扬低婉，在水巷中四下散开。那声音让木子闻之一怔，抬头时，他看到了老魏坐在船头摇橹，船身侧转，又露出一个滚边花布红短袄的背影，红色百褶小围裙上绣的鸳鸯在缀着的红流苏上若隐若现，船身转动，晚风吹过的唱曲人

守候一株鸢尾

红头巾下，他看到了那个无数次魂牵梦萦的熟悉侧影。

柔和的月光下，桅杆的彩灯，岸边的焰花火筒飞溅，打在阿曼身上，木子看到了满湖金玉。

前世今生

导读：人生的得与失，都是相对应存在的。该忘却时学会忘却，生得漂亮，还得活得漂亮，这才是完美的人生！

我醒了，把我弄醒的，还是孟婆的那碗汤。

"不，婆婆，我不喝！"我轻擦额头流下的残血，哀求道。

"喝吧，孩子。喝下我孟婆的汤，早投胎吧！不喝汤，带着残存的记忆轮回会很苦的！"婆婆轻叹着，再次将汤推了过来。我泪如雨注，泫然对着婆婆跪下："婆婆，我愿意的！就算永不超生，我也不能喝！子壬生生世世活在我的记忆中！"婆婆长长地叹了口气，看了看鬼卒，鬼卒别过脸，"我什么也没有看到！"

婆婆掠了掠额前凌乱的银发，一声长叹，手一斜，汤直洒桥下滚滚的黄泉水……

时间一过就是三十一年。以时下对女孩二十六岁仍未婚就称剩女的标准来说，我就是剩女中的剩女。我不矮不胖不哑不傻，且是五官端正，品行端庄，月收入过万。外人就是想不明白，为什么我就不能把自己嫁出去！

我常常做着一个相同的梦，醒来后枕头湿漉漉的一片。所以我惧怕着床，惧怕着枕头的。可这是我的家，我除了此地，已无处安身。实在熬不住，我就用棉签撑着眼皮不睡觉，但我还是会走入到那个奇怪的梦中。

那是一个遥远的小村庄，他们叫我闭衣，尽管我不习惯这名，一如我不习惯身上拖长的麻裙一样。但人们都这么叫，包括我的相公，那个人们都叫子壬的男人。

子壬会吹一手好听的洞箫，还会做一手好木匠活。子壬宠我痛我，他会在做好木匠活后，轻轻拥着我说："来吧，闭衣，今天想听什么曲儿？"我喜欢静静地靠在子壬怀中，静静地听着他回旋婉转的箫声，箫声清丽婉约，忽高忽低夹着山间鸟语欢鸣，看远方山泉飞溅，我乐于其中。

我以为幸福会一直这样持续下去。直到有一天，我返家时看到我的子壬，那个说过只拥抱着我一个人吹箫的子壬，他的怀中拥着另一个年轻貌美的女子！我感到未曾有过的疼痛，还有深深的欺骗。我的世界就此停住，对着门前的石墩，我一头栽了上去。

一条铁链套在我的脖颈，"跟我走吧！"一个面色死灰苍白的男人立在我的身旁。

我跟着男人穿过我和子壬生活过的村落，越过我和他曾经一起蹚过的河沟，飘过我们曾经一起砍过柴的大山。丛丛的荆棘从我身上脚上穿过，我毫无知觉，紧随白面男人来到一座索桥上。桥头，一位满头银发的老婆婆佝着腰立在那儿，她苍老的面容满是岁月风蚀的痕迹。旁边的灶火正旺，灶上熬着一锅黑糊糊的汤药。

看到我，她笑了笑道："你来了。"

随后转向白面男人："鬼卒兄弟，带她先去望乡台看看吧。"

"不。"我含着眼泪，倔强地转过头。

"去吧，每个要轮回的鬼魂都可以登上望乡台，最后回望一眼。"

我再次倔强地摇头，银发婆婆叹了口气，对着鬼卒招招手后，我已立在一片高高的石台上。尽管我不愿意，我还是看到了我的村庄，我的家，还有躺在床上的自己，一身缟素的子壬和那个美貌女子跪在我的床前。

"骗子！"我凄凉一笑，别过头泪流满面，"我的死！成全了你们的虚伪。"

"你再听听吧！"鬼卒手一挥，一如既往冰冷的声音对我说道。

"闭衣，醒醒，子然回来了，我们失散的妹妹子然回来了！"

"子然？"我转过头，那是一个颇像子壬的女子！

"是子然？真是子然！怀中的女子竟是子壬的双生妹妹，我那失散多年的小姑子然！"我潸然泪下瘫在地上，忽而仰天长啸："子壬，是我负了你！"

望乡台上惨笑回荡，整个石台不停地在颤抖。鬼卒轻轻扶起了我。

萦桥下，黄泉水哗啦地流趟着。桥头，银发婆婆此时面无表情，手托着木碗候在那儿，碗中浓黑的汤汁散发着一股苍凉的苦味。

我悠悠醒来。这个梦做得多了，我知道在哪一阶段醒来最合适。

我要做一个快乐的自己。在这个城市的繁华地，我独居在属于自己的公寓中。把小屋拾掇得一尘不染，芬香四溢。躺在暄松柔软的床上，一个翻身接一个翻身滚至窗前，脚趾夹着窗帘，膝一曲，"啪"地一下拉上窗帘，手一伸拾起床边的书，伴着书香进入梦境。

满城遗爱

导读：无心种柳，却能为他人带来一撮绿荫。爱，别留遗憾。为需要的人伸出你的手，能做到吗？

每到月末的几天工休，天昏地暗的一通狂睡后，我真不知这时间该怎么打发！

我常穿着条大短裤，任那荒草般长着的腿毛在外面招摇，然后花上八元钱买一张辅币，出现在这所城市的地铁里。从站东到站西，然后又从站西坐回站东，这样一趟一趟地往返到睡意渐浓时，才走下地铁，把自己丢进售楼公司的单身公寓中。

我常常渴望着有一场地铁艳遇，也常在这种臆想中自我陶醉。作为正常的单身男人，我从不曾为有这样的想法而感到羞耻。

我和以往一样，狂睡之后，到达东站地铁口时已近黄昏。我照例找了一个自认为最舒适的位子坐下来。列车到达中元站时，刚好赶上附近几家公司的下班时间，地铁里很快就涌进了很多人。在拥挤的人群中，有两条修长的腿挤到了我跟前，洁白的裙边来回扫在我的膝盖上，痒痒的。列车每颠簸了一下，裙子里的腿就蹭上我的小腿，滑滑的凉凉的，我感觉全身发麻，似被点了穴。当我还沉浸在这种异性间肌肤之亲中的幸福时，裙子主人柔柔一声"对不起"过后，就拉开了腿。

我抬起头，眼前女孩子白皙细嫩的脸庞一下就吸引了我的眼光，一股淡淡的玉兰花清香同时沁向鼻子，我站起来，把座位让给了女孩。

我发誓，虽然我常常渴望着能有一场地铁艳遇，但我从来没有给任何人让过座。花八元钱买一张辅币，我为的不光只是打发时间，我更在意这种惬意的坐姿，不必再去顾及上司和客户的嘴脸，可以恣意地随着窗外的灯光，任心随火光在黑夜中如连续发射的导弹，一枚接着一枚飞速掠过。

女孩一怔，对我连连致谢，我超常发挥了销售员的口才，惹得这个叫月锦的女孩发出一阵阵大笑。笑声中，她月白色的连衣裙领口斜敞着，里面跳动的两只白鸽一下就迷糊了我的眼睛，那淡淡的玉兰花香，直入我的五脏六腑。我承认，我醉了。

车子再次颠簸，我浓密的腿毛又一次贴近月锦光滑冰凉的小腿，她含笑望着我，小腿这次没有挪开，我和她赤裸裸的两条腿就这样贴在一起，我忘记这是在拥挤的列车，此刻我的眼里只有麻酥酥的幸福感。

在西元地铁口，我就像中了魔咒，梦游般跟着月锦出了站，然后上台阶，左拐过马路，然后直走，迷迷糊糊就跟着她来到一条窄小的巷口前。

直到月锦回头，对我嫣然一笑说："谢谢你给我让座，又送我回家，巷子最里头那座红房子是我家，明天吧，明天我请你来我家看玉兰花！"话毕，白裙子瞬间消失在黑暗的小巷深处。

翌日一早起床，我把衣橱中不多的几套衣服通通试了一遍。尽管现在已是七月，玉兰花早已经凋谢，但美丽的月锦不就是一树怒放的玉兰花么？我穿上一套自认为还得体的咖啡色休闲装，本来已经锃亮的皮鞋，我又反复地擦了又擦，对镜仔细整了又整发型，最后才满意地出门。

走出西元地铁口，上台阶，凭记忆左拐，过马路，然后直走，进了那条窄小的巷子中。

巷子深处有座红房子，房前洒落一地的枯叶，房前有棵玉兰花开正艳。

红房子的门紧锁着，门把上早已锈迹斑斑。我试着拉了拉门环，半晌无人应答，不时有风拂过，凉凉的很惬意，偶尔几朵玉兰花咧着嘴洒在我的身上，风中散发出来的淡淡香味，和月锦身上的一样。

我过久的停留，终于等来了一阵阵细碎的高跟鞋从隔壁小院走出，女人说："这房子很久没人住了！"

我说："我找月锦，昨晚她约我来这儿看玉兰花。"

隔壁的女人吃惊地望着我，抬起头看向玉兰树，一脸的惊骇之后一言不发地转身返回隔壁小院。

走了几步，她忽又折了回头说："你是真不知道？"

我一脸茫然。隔壁的女人叹了口气："去年这个时候，月锦下班时，脚崴了。乘地铁回家的四十六个站，竟无一人为月锦让座，因久站，在五号地铁转车时，这可怜的孩子不慎从站台掉进了轨道，被高压电击中身亡……"

最美的情书

导读：有种交流无须言语，你一切安好，我便心安。

老年，好比夜莺，应有他的夜曲。——康德

肖扬起夜摔伤后，头和右臂打着厚厚的绑带一直留在医院，对于他热衷的 QQ 农场，自然也疏了。

守候一株鸢尾

　　儿子很贴心地买了杂志摆在他的枕边。肖扬闲暇时喜欢看些书，码码字。

　　拿书才看完一篇，他停了，闭上眼，倚在床头半天没动。刚刚新婚的儿子和媳妇同时问，"爸爸，是不是头上的伤又在痛？"

　　他摇了摇头。对儿子说，"你回家帮我把笔记本电脑拿来吧！"

　　媳妇立即接口了，"爸，上网辐射大，于您头上的伤不利。您要是闷，我给您读读报，或者，讲个故事您听？"

　　肖扬摆摆受伤的右手，笑了笑说，"不会上太久的，再说，这手也不能依我上太久的网。"

　　他刚看的那篇文章叫《最美的情书》，讲述了这样一个故事：一对年轻时相爱却没能相守的老人，为了维系彼此的家庭，三公里的距离，从此半个世纪无联系，只是他们约定，最后的联系会以讣告的形式发在当地报纸的中缝，向对方作最后的告别。

　　肖扬想起了邓银娟，想起了那几十年前的旧时光。

　　电脑在儿子的手上开了机，他的QQ立即自动登录了——这是妻生前要求的。女人心眼小，虽然他也认为夫妻之间需要有些个人隐私，但当妻提出这要求时，肖扬还是答应了。他知道妻介意的是什么，因为QQ上有他孀居多年的初恋邓银娟。只是妻走后，这设置没再更改。

　　肖扬让儿子点开农场，收摘了自己农场里的瓜菜。又让儿子按经验的级别从高到低收摘了好友农场，过程中他一直紧紧盯着屏幕。结束后，他又让儿子按金币的多寡给好友除草捉虫，过程中他仍然一直盯着屏幕。

一丝失望掠过肖扬的眉梢，转瞬即逝。

"爸，我以为您把农场经营到 168 级已算奇迹。瞧您 QQ 上的这位叫银鹭的大神，居然把这么一款毫无挑战可言的游戏玩到 193 级，我唯有一个字：服！"

他眼睛一亮，裹得严严实实的右手随目光一起迎向电脑，落在屏幕上，那是一大片紫晶土地，只是此时已空无一物。

他的心立时一紧。

略思索后，他请儿子帮忙铲除了农场里所有的花果。儿子奇怪地嘀咕，"花果都没成熟呢，这会铲掉怪可惜的吧？"

"铲吧铲吧，换换新意也好。"他看着病床前望着他的儿媳妇，有些答非所问。

"爸，铲了下什么种子呢？"

他想了想答，"六棵何首乌吧。"随后有些自嘲地答，"你妈要是在，絮絮叨叨的埋怨一定跟豆子般向我砸来：都伤成这样了，还惦记着你的几棵破菜？能炒？还是能烧的？"

儿笑着接口，"我妈就那样，一辈子嘴巴不饶人，对您对我都是。不过，爸您放心，我和雪莉以后会加倍关心您的。"

他对儿子温和地笑笑，没再说话。

抬起左手漫不经心地翻开枕边的书。把那篇《最美的情书》复读了一遍又一遍。

这过程，他也曾很多次抬头，看着病床前在手提电脑上玩穿越火线正上劲的儿子。又看着病床边昏昏欲睡的儿媳妇，欲言又止。

儿子终于停下了游戏，把电脑放在他的床边，去了病房内的洗手间。

守候一株鸢尾

他的左手飞快地拉过电脑，艰难地点开了自己的QQ空间，有些迫不及待地进入农场，点开了好友列表。

193级的紫晶土地上此刻有了更新，他的心一颤，换上打满绑带的右手艰难地移动鼠标，他看到了六棵新种的土地上有了显示：阳光葵，第1/2季，种子期02：15。按时间推，是在45分钟前更新的——儿子帮忙种下六棵何首乌的后一刻。

他一暖，一颗悬着的心也落了地。

洗手间传来"哗哗"的冲水声，儿子走出来看到他打绷带的手落在鼠标上，打趣地说，"爸，我帮你下载一款农场外挂吧，偷菜蛮方便的。"

他有些孩子气地笑了笑，"外挂偷，哪来手动收摘来得惬意？"

醒了的儿媳妇在一旁接口，"爸，等您出院了，我去河边给您租块菜地，您想咋种就咋种。"

他望着媳妇，笑笑点点头，又随即摇摇头。

他能明白孩子们的关心，正如他懂得六棵阳光葵背后的那双关注的眼睛，有种交流无须言语，我一切安好。别无其他。

肖扬转头望向窗外。起风了。

蓝　颜

导读：你，能把握好那个度吗？

和所有庸俗的婚外情前奏一样，他为这段感情定格为蓝颜。她认同。

也的确是蓝颜嘛，多年以来，他们不越雷池半步，仅把对方作互为倾诉的知己，灵魂上，彼此相依。

她似一只时刻等待迁徙的候鸟，从春到冬，在故乡与异乡间一次次往返。偶尔遇上他方便，他也提出：我开车载你一程吧！

她没应允。虽然同住小城，但不曾相约见面。小城不大，朋友的朋友聚会遇上，熙熙攘攘的街头偶尔碰到，谁先看到，挥挥手一声招呼：嗨，你也在啊？言语恰到好处。

但真正只有两个人独处，尤其在车子这处窄小的空间，她真没有想好该怎么应对，虽然知道他只是怜惜，也许仅限于怜惜她一个女子独来独往的辛苦而已。

事情的转机在她再次成为候鸟的路途，她大包小包挂着行李，汗流浃背地在小城的车站等车时，他出现了。别逞强，让我送你去高铁站一次吧，或许，你可以把我只是当作出租车司机。

她不再反驳，提着大大小小的行李顺从地上了他的车。

到了高铁站，他守着一大堆行李等她去窗口买票，看着她一脸沮丧地出现在她面前。没买上票吗？她一脸沮丧，摇摇头，又随即点头：当趟的错过了，离下一趟车还有四个半小时。

那，先吃个饭吧？他提议。

就餐地点选在车站不远的餐厅，和周边的格局一样，都是那种吃饭住宿一站式的服务。

吃饭的过程类似于他们的每次交往，轻松自在，只是其中，她数次哈欠连连，一旁的服务员插话了：美女，楼上有客房部可以休息的。他抬腕看了看表，望着她，嘴角动了动，欲言又止。她也窥了一下桌子上手机，离

守候一株鸢尾

上车还有近三个小时。

一旁的服务员看了看他们，又插话了：房间里有两个铺，不休息的，可以在电脑上上网。

他一笑：我刚好还有份报表没有完成。

客房部的床上，她的哈欠倏然消失，睡意全无，一丝羞愧袭来，他会不会误以为是她在向他暗示什么？好在，他搂着随身携带的笔记本，手指在键盘上轻轻地点动。看到她抬头望，他轻轻一笑：睡吧，时间差不多，我会喊你。

一丝暖意掠上心头，她抿嘴一笑，轻轻闭上了眼睛。脑中却千回百转，一幕幕掠过几年来的点滴。怎么认识，似乎已不再重要，自加了qq，加了微信后，无论何时，无论何地，她一个表情过去，那边会立即弹出一张笑脸回应：忙什么呢？

"家里的开关坏了，该怎么捣鼓？"她刚按出发送。

那边的语音响了起来：你别乱动，我立即请电工来你家！

摩托车半路爆胎，她边向路人求助，边习惯性地发信息问：车胎半路爆了，我是不是有点倒霉？

他立即打来电话：别站在太阳下，找人多的地方等会，我立即联系车行的师傅过来！

……

手机铃声在静寂的房间轻轻响起，也打断了她的思绪。

傻丫，时间差不多了。他轻喊。

她躺着没动，长长的睫毛微微耸动，仍沉湎在记忆里，只是眉眼处，早有两行滚烫的泪肆意流淌。

感觉有呼吸近前，眼泪被人小心擦去，接着肩膀被人拥入怀抱。她抬手，捉住那双温热的大手回拥，眼泪更加大滴地落下，只任温热的嘴唇在他耳边摩挲。

他感觉脑门发炸，身体如火山随时要喷发，猛然扳过她的身子，迎上那温热的嘴唇。她一怔，随即松手，身体悴然弹起，身子迅速缩向床角，紧紧搂着被褥，留他一脸愕然地瘫在床边。

他闭上眼，重重地抽了口凉气。只是片刻，一个浑厚的男音在房间响起：傻丫，该进站了。

声音不温不火！

夜幕下的爱情

导读：感激生命里的那些相遇，在我人生的底色上，抹上了一缕缕艾草、烟香。人生，从此也变得丰盈起来！

1. 烟香

一头浓密黑发束成的两条麻花大辫抛在脑后，湖蓝色的短襟盘扣上衣，黑色的棉线及膝短裙，她就这样袅袅婷婷地立在站台上，紧攥着手里的大公报，看着熙熙攘攘地从她面前流过的人潮。

男人大步流星地从对面走来，带着一股淡淡的卷烟味在她面前站定，上翘的嘴角带着一丝微笑望着她，那看似漫不经心搓动着的手指，有节奏地转着手中的烟盒——金狮烟。

她紧盯着男人手中左一下右一下转动的烟盒，又看

守候一株鸢尾

了看带笑望着她的男人，紧攥着大公报的双手终于松了下来，清澈的眼睛挂着一丝青涩的笑。她上前一步，激动地向男人伸出她纤细的右手。

两手相握过后，两人无声地相视而笑，随即一前一后消失在站台上。

这一年，她刚从北平女子学校毕业。

2. 艾草

四通八达的柳铺镇，偏僻的小街南角新开了一家钟表店。

店主人沈墨如，精修一手好钟表。但性格怪癖，从不见他在前堂修理钟表。但凡有客到，均由其夫人接待，或是直接由夫人带入后堂。怪归怪，柳铺镇地处鄂豫陕三省交界地，三教九流各方手艺人吃饭各有奇招。久了，小镇的人也都习以为常了。

何况沈墨如修表手艺精湛，早引得不少人慕名前来。

她——一头波浪卷发取代了早前的两条麻花大辫，月白色纯棉滚边长旗袍裹出她玲珑的曲线，柔软的裙裾上绣着她亲手绘的兰花，淡淡的花色氤氲出一股从骨子里透出来的清淡柔和的雅。此刻被称作沈夫人的她，站在店门前，将一把刚清理好的艾草插在门缝边。时值深秋，蚊蝇早失去踪迹，那干枯的艾草也已微发黄。小镇地偏人杂，什么千奇百怪的事都时有发生，女人晨昏插一把艾草在门前熏香，于小镇人来说，也并非什么奇异之举。

只是偶尔，会有一两个风尘仆仆远道赶来修表的客人。此时，她会小心翼翼地把客人带入后堂，交付给后屋修钟表的沈墨如，两人相望，相视一笑后，又各自忙开。

　　偶尔的深夜，也会有一阵阵有节奏的叩门声响起。她从床上和衣而起，席地而卧的沈墨如会悄声示意她重新躺下，然后飞速穿衣，整好被褥放在床上，健身快步走向前堂迎客。有时，他也会随着夜访的客人同时消失，直到很多天后的天亮方回。每每此时，她和衣而坐，静听着门外风吹艾草哧哧作响的声音，然后轻轻上前，取去门边的艾草倒插在一侧。在一阵阵杂乱的敲门搜查过后，又复坐回床边，点一盏油灯，看着从地上抱起，却还存留着他余温的被褥。担心之际，一股柔柔的暖意涌上心头。

3. 艾草

　　轰炸的飞机在柳铺镇上空盘旋多日后，一夜间，柳铺镇不少人拖家带口远走他乡。

　　小街南角的钟表店生意异常清淡。

　　她坐在店堂中，有一下没一下地整理着手中从门楣拔回的艾草，不时望着门外，侧耳细听杂乱的脚步一阵阵近来，然后，又一阵阵地远去。艾草被她攥紧在手中，松开，攥紧，攥紧，复又松开。

　　而沈墨如，自不日前的一天深夜悄然离去后，再也不见踪影。

　　一阵阵有节奏的叩门声再次响起时，她急急地扑向门口，急急地拔开门栓。压低了帽沿的来人脸色凝重，伏在她耳前悄声细语。她跌坐在地上，摇头，再次摇头："不会的，不会的，他不是这种的人！如果有事，这么多天来，我为何还能如此平安在此？"

　　送走来人，泪大颗大颗落下，手中的艾草早已撕成一团碎末，纷纷扬扬落在地上。

4. 烟香

陌生的乡村小镇，一个包着头巾的女人挑着菜担沿街送菜。陈旧的麻布粗衣缀满补丁，满是泥垢的双腿沾着草屑，眉宇间却透着一股说不出的秀美……

有一座城市的裁缝店，中年店主看上去老实敦厚，黑瘦的脸孔嵌着一双刚毅的大眼。齐耳短发被称为李太太的老板娘此刻立在门牙边，安静地在门楣处插一把艾草……

一家电影院门前，一个穿着时髦打扮妖媚的年轻女人，挽着一位头戴礼帽的老年绅士匆匆离去……

有一只叫金狮牌的烟盒随着一个叫艾草的女人四处飘泊，有一种叫抗日的地下活动悄悄蔓延，一伙伙叫侵略者的敌人常常莫名其妙地一夜间消失。

很多很多年后，在鄂豫陕三省交界地，一个叫柳铺镇的繁荣小镇上，一家老旧的钟表店座落在热闹的大街南角。男主人那被水牢经年浸泡而坏死的双腿，奄拉地垂在轮椅下，多年不见天日而损伤了的眼睛上架着一副黑边眼镜。他伏在前堂的台桌上小心地摆弄着手中的钟表。偶尔地，他抬起头，望向前方空落落的店门，发怔！

此时，屋间便有一股淡淡的金狮烟味四下弥漫着。

春风里三号

导读：眼睛看到的，有时并不见得就是真实，背离事件真相，蒙蔽我们双眼的，说到底还是那有色眼镜。

这是一片城中村中最常见的街巷。整整四年，我的工作越换越好，离春风里越换越远，可我从未萌动过搬离的念头。说不上多么喜欢，能让我长住的原因除了房租便宜外，还有……就说那灯吧，春风里一排排闪烁的街灯，各式的招牌灯，看一眼总让人久久难忘。特别对于背井离乡的男人来说，这种灯火总会让人燥动。比如每次路过，看到秀丽发屋侧廊的彩色旋转灯。

秀丽发屋是春风里这条街生意最好的发屋。在那儿工作的，清一色都是漂亮的女孩子，给人洗头，剪发，按摩。所以大多数情况，秀丽发屋都是人满为患。

我常有意放慢脚步，假装漫不经心地快速歪头窥视，期待能搜到她的身影——自那事发生以后，我再也没有勇气踏入发屋。

她是我住在春风里三号楼的邻居，叫阳阳，一个高挑清秀的女孩。那天我拖着沉重的行李狼狈地打开401的门，住在对面的她站在过道边，有些吃惊地看着满头大汗的我肩挑背驮着书。她帮着把行李搬进出租房，问过我的职业，听说我还兼职写作，她的眼睛立时亮了。

我问她的职业，阳阳有些难为情地低下头，指指楼下的秀丽发屋："秀丽是我姨妈，我在那帮忙。"抬头望着我："你会不会看不起你的邻居是个洗头妹？"她的直接让我一时措手不及。尽管我的潜意识里对洗头妹抱有成见，但说出来的话却是："怎么可能，职业是不分贵贱的。"

阳阳听我说完，紧蹙的眉头松了，像只忙碌的蜜蜂叽叽喳喳地边说着话边帮我收拾小屋。

日子匆忙晃过，我慢慢习惯了春风里一大早就传来豆浆油条的叫卖声，也习惯了秀丽发屋每晚传来震耳欲聋的流行音乐，习惯在阳阳每月唯有的两天假里，任她

守候一株鸢尾

拉着我的手逛遍大街小巷。碰上我空闲的时候，我也会去阳阳上班的发屋坐坐，看镜子里的阳阳给客人洗头。那么一大堆白白的泡沫，在阳阳的十指中飞来绕去。偶尔，她回头对我一笑，枯燥的洗头在阳阳的指尖下就多彩起来。

再找阳阳，因为头发长了，需要剪剪。我答应过她，头发会留给她练手。因为她说过想学剪发。去秀丽发屋，她不在。好一会才见她脸颊绯红地从内间走出来，随后出来的是一位大腹便便的中年男人。男人出门后睨着阳阳提了提裤腰，我看到阳阳的脸色很不自然，给我放毛巾垫肩膀的手哆嗦了，毛巾几次落在地上。不等她洗头，我有些恼怒地扯下毛巾，出了秀丽发屋。

夜半，我东倒西歪地回到春风里出租屋，阳阳站在她的门口等我。

我蛮横地把她推进屋内，反手锁了房门。"混蛋，你发什么酒疯？醉了就好好回去睡！"阳阳狠劲推开了我。

"好，睡。你给别人睡……也可以给我。老子也有钱……"我语无伦次的话没落，脸上挨了火辣辣一记耳光："混蛋，那个客人只是去里间上厕所！"

"上厕所？骗小孩差不多！理亏了狡辩不说还打我？老子……"我一把拉过她，粗暴地剥开了她的衣服，强硬把她压在床上。她诧异地望着我，有泪滚下，我停了停，再次疯狂地向她虐去。她停止挣扎，任我颤抖的手脱去她的裙子，褪下她的内裤……她始终咬着牙，泪流满面。

记不清是怎么从她身上起来，也记不清她是什么时候离开的。当我从她的床上酣睡醒来，隐隐的记忆重新拼接，我突地慌了：她会不会报警呢？

　　抬腕看了看表，已是下午五点——我已整整睡了一天一夜。如果她报警，此时的我，是应该在警察局的！

　　我爬起来，环视她的小屋，第一次如此清晰地长时间直视。整齐，干净。只是她码在柜顶的行李箱不见了踪迹。

　　整整一星期过去，阳阳没再回来。连着多日，我没有上班，晕头转向地待在阳阳的出租屋内。

　　秀丽发屋门口，人来人往，从此也没了她的踪影。几次停在发屋门口，很想开口问问她的阿姨秀丽。可每次都舌头迟钝，脚也怯了。直到房东来催租。说不清的理由，我退了自已的房子，搬去阳阳的租屋。

　　我忘不了凌乱床单上那一小抹鲜艳的落红，刺得我生涩的眼睛至今生痛。

第四辑 走过一片荒土地

这组以"下沙南"为背景的系列小说，讲述了下沙南一带几十年来沧海桑田的辗转变化，没有土地时人们的困苦，到后来得到土地时人们的"疯狂"，以及面对自然灾害时，人们极度的无奈与无助，到最后改革开放带给这片热土的神奇变化，见证一个时期的发展与兴起。下沙南是作者梦魂牵萦的感情交织地，作品以文字为画笔，描绘出带有感恩热土气息的画卷。作者曾说过："下沙南是我的福地，在这个地方，我的事业有很大的转折，我一直想以自己的笔来感恩这块热土。"正是因为对这片土地爱得深沉，才以生活为底板，以语言为颜料，以灵感为画笔，将自己挚爱的热土绘成一幅幅精美的速写，才有了这标志性的系列小说。与很多打工作家一样，徐建英也是脚踩两只船：一脚踏"下沙南"，一脚踏"湖村"，目光紧跟人们生活的变化，通过小小说表达对社会发展进程的思考。

——周思明（广东深圳）

水流柴

导读：珠三角地区的水乡人，他们以船为家，世代栖息在水面，又被戏称为"水流柴"。长久以来，"水流柴"式的"疍家人"是社会最低层的"贱民"：上岸不准穿鞋，喜庆不准张灯结彩，婚嫁不准与陆上人沾染……

多年前的下沙南，放眼所望，除了那一大片密密匝匝的芦苇地，就是村头一望无垠的大海！

白茫茫的芦苇地，经长年累月的海水冲刷，成了一块块海滩涂地。这块叫作下沙的海滩"涌"地中，零星游离着十来户渔民，他们无田无地，只得面涌搭茅寮而居，靠摇船光脚在海水里捞些鱼虾为生，捕得的鱼虾除自家留用，其余的，拿上岸去换一些生活的必需品，也因此被岸上人家贬称为"水流柴"。

胡越出生那年，胡祥十四岁。气息将尽的小日本疯狂地在邻近的塘尾一带烧杀抢掠。

中午时分，胡祥和以往一样赤脚盘腿坐在茅寮口整理密密的渔网，瘦小的身子裹在一件大人穿过的旧衣服里，手拉渔网动时，肩胛骨像装在纸袋中的东西一样高高地突起着。祥妈腆着肚子跪在一侧，抢着梭子，补胡祥递过来的网。

"涌"口的榔子不安地燥动，远处，有枪声炮响，夹杂着踢踢踏踏的急步向"涌"口传来。"祥崽，又来了，快，快走！"祥妈话刚落，胡祥推开渔网，扶起将近临产的祥妈，向密密的芦苇荡跑。祥妈步履蹒跚，拨开芦叶，仍不时焦急地往外回头瞅，苇林外弥漫着一阵阵呛人的

守候一株鸢尾

烟雾。

祥爸，三个月前出海后就没见人影了！

梆子声敲得更急了，豆大的汗珠从祥妈额头滚了下来，她艰难地蹲下抚着腹中隆起的肚子，下唇紧咬，手攥着身旁的苇枝。胡祥不安地望着阿妈。祥妈柔柔的目光抚过他的脸，艰难地笑了笑："你阿弟要出来了。"

胡祥抬起衣袖轻擦去祥妈额前的汗粒，说："阿妈，我回船上烧水。"说完，站起身子欲往苇林奔。他记得，郑家婶子生阿梅时，他刚帮忙烧好水，阿梅就生下来了。

祥妈一把拉过胡祥单薄的身子，压低声音："祥崽，莫动！要是刀老爷知道我们又躲进了芦苇地，闹着给矮寇子抓到，会吃了我们！"胡祥一怔，轻问："阿妈，这些芦苇都是野生的，怎么刀老爷要管？"祥妈叹了口气，豆大的汗粒子一颗颗落下，她抚着胡祥的头发说："到你长大就知道了！"胡祥点了点头，似懂非懂的："我现在就长大了。"一转身往外奔去。

"小崽子，又上岸了。"一个声音骤起，刚跑出芦苇地的胡祥感觉一阵眼花，感觉撞上了堵肉墙，揉揉撞昏的额头，抬眼就看到了一张扭过的麻花脸，顿时小脸霎白，刚想转身，一只胖墩墩的手已把从他的后背提了起来。

"放……放开我……我阿妈……要生了……我要回家烧水……咳……"胡祥挣扎着，喉咙被领口勒得生痛，一阵剧咳把那本黄黄瘦瘦的小脸，呛得寡紫。

"什么？在地里生小孩？"那只胖手把胡祥一甩，循往芦苇林中钻。胡祥屁股着地，芦桩子插在屁股上，透凉透凉地痛，看着急冲向林子里的老刀，忙鞠起屁股，爬起来一瘸一拐地跟在胖墩墩的背影急喊："刀老爷，刀老爷，别，别撵我阿妈！"

"祥妈，矮寇子都降了！别人放大枪庆祝，你借故上岸生孩子？走，快走。"老刀高吼。

"刀老爷，梆子声响得急，以为，以为又是矮寇子来了！所以……所以……我走，我马上就走！"祥妈嗫嚅着说，笨重的身子挣扎着站起来，趔趔趄趄中，又跌坐在地。老刀一趋身，上前就拖。

胡祥大急，紧扑上前，掰开老刀的手直喊："刀老爷，求您了！我阿妈快生了，真快生了！求您，别伤我阿妈，求您了，别伤我阿弟……"

老刀气急，一手提起胡祥，一手扯着祥妈的头发往外拖。胡祥龇牙咧嘴，看着阿妈痉挛的脸扭在一起，奋力扭脸向老刀手侧，想咬。地上一声惨叫，老刀终于停下来。转头，看到了祥妈身下红孜孜的一片血印。他面色铁青，忙不迭地松手，跳脚大骂："你们这些水流柴，上岸生崽，就想着蹭岸上人的风水！"又对着胡祥一阵踢打，随后解了外衫，拼命地擦手，左手擦完擦右手，又不停地拍打着身子，似中了邪。

祥妈满头大汗，大口大口地瘫在地上喘粗气。

芦林外又一阵梆子敲起，噼噼啪啪的炮仗响过后，阵阵嘈杂的声音从芦苇林外传了过来，郑家婶子的声音抑满兴奋，在芦苇林外高喊着："阿妹……祥崽……走了，矮寇子都走了！"祥妈苍白的脸漾开一丝笑容。胡祥一蹦爬起来，对着林外高喊："郑家阿婶，我们在这，阿妈要生了。"

"小水鬼，不和你计较。还有你，记得赔地脉。否则别再想拿鱼上岸换到油盐布匹！"老刀把外衫猛向地一抛，又踢了祥妈一脚，狠狠地丢下一句："晦气！"

守候一株鸢尾

转身钻出了芦苇林。

胡祥呆呆地看着老刀远逝的背影，眼泪在眼眶打转，祥妈痛苦的呻吟声此时一阵接一阵传来。

他永远记下了这特别的一天。

这天，宝安城的炮竹齐响，把下沙茅寮中十来户人家一次次从沉默中喊醒。这天，他多了一个弟弟，只是从此，他失去了重要的至亲。这天的一幕幕在他心中成了烙记，深深烙进了梦里。

眼　魂

导读：《眼魂》是一篇值得读几遍的小小说。为什么？一是写得含蓄。你需读几遍才能读出作品的意义。二是小小说有着较高的叙事策略。它有太多的空白部分需要读者去加以弥补，是需要读者参与创造的文本。作者设有一实一虚两条线索，实写盲女，虚写盘云。实写盲女的生活际遇，虚写义仆盘云的忠诚护主不离不弃，最后在那场可怕的噩运中替主受罚。实写盲女由少女变成老太的一生，虚写时代变迁风云变幻。尺幅之间，包容丰富。其实盲女和盘云是一体的。盲女是盘云的身体，盘云是盲女的魂灵。眼魂此之谓也。

——蔡楠

这些天，她感觉有事要发生。

有什么事她说不上来，只是那种邪乎的不安的感觉很强烈地涌上心来。盘云，盘云，她哑着声喊着，四周是一片出奇的静。猛记起，自盘云扶着昏昏欲睡的她入屋午休后，就不见了踪影。她从床榻站起身来，细碎的平底布鞋步履艰难，预定的圆桌位摸了好久，却空空的，只落下她脚步落在青石地板上的串串磕碰，椅子和地板带来阵阵呼哧呼哧的刺响在房间久久回荡。

这感觉还是第一次到来的时候有过，她十六岁。

十六岁的女孩儿对于这种突来的不安，仅有瞬间不适，片刻就嘻嘻哈哈地笑着扎堆进一伙女孩群里。爹是湖村最大的粮商，她家存有几辈子都吃用不完的粮钱。直至爹说，刀家的人上门来提亲了。她一怔，只是一怔过后照例与侍女盘云嘻哈笑闹——她是家中唯一的女儿，湖村的女孩儿，除了她，哪个上过洋学堂？那刀家，只是乡下的富农，刀家少爷腿短人黑，爹能嫁她去？

然而爹又说，刀家那蹚水不响的肥田哪，你爹我走路一天才能蹚个来回，如果不是因为你，刀家的米粮哪能只囤在我们家米铺？

当意识到娘眼里的认真时，她懵了，哭腔还在喉咙，只听得咔嚓一声，爹在外面落了锁。

她趴在床上哭得一团昏暗。盘云伏在窗台，声音碎成一团：小姐，花轿接人的日子都定了，刀家少爷人虽丑，但心眼儿实，嫁了也不亏，你要是怕，我陪你去。

不。我只要我的裴多菲。撕心裂肺的恸哭夹杂着窗外细细的呜咽声。

震耳欲聋的炮仗响了，盘云搀着哭成一团的她上了花轿，轿帘掠过刀家那延伸数十里的农田，她的心口阵阵发悸，泪水流过，晕厥感伴着剧痛传来，盘云的手还挽在她的袖旁，她的人像却越来越模糊，再抬头，轿帘外的农田却是一片无尽的黑暗。

她生生哭瞎了眼睛。

守候一株鸢尾

一屋子红烛,盘云对刀家少爷跪地:姑爷,小姐的眼睛因你而伤,你不能负了她。

转身对心如死灰的她:小姐,有我在!

她再次摸索着,粗糙的帘布,陌生的窗台,笨硬的木门——这并不是她的居室!

她急急地拉过门环,门被外边反锁着,她感觉后背阵阵发怵,拍门高喊:盘云,盘云……

周围一片死般的寂静。

她无力地滑坐在地上,竭力想理清头绪。盘云是爹从路边捡来养大的女侍,与她一同长大,虽出身贱,却生得清明。初嫁时她想,盘云是怕她眼残了,在刀家遭屈暂时随嫁吧。后见盘云年岁增长,着刀家少爷为她张罗婚事,哪知她却无嫁人之意,想想刀家家大业大,也不在乎多盘云一双筷子,遂双双劝说,让已成为老刀的刀家少爷把盘云收了房。

而今,难不成?不是的,绝不会的。盘云来刀家三十多年,二太太盘云,对她的衣食梳洗一向细心细致,何时假手过下人?

突然想起,也已多天不见老刀,天!她的眼泪大滴滚了下来,饥饿口渴随着晕厥一齐袭来。

迷糊中外面有杂乱的脚步夹着孩童的嬉骂:走,打地主婆去!她一惊,站起的身迅速蹲下来。地主婆?指自己吗?早前隐隐听家里的下人说地要分了。她问盘云,盘云拉着她的手轻喊:姐,你又多心了,家里好好的。隐隐中也感觉家中走动的人陡然少了。盘云说:姐,米店生意忙呢,要人手。

她伏在门边大气不敢出。久久后,一阵窸窸窣窣的声响自门外传来,盘云熟悉的喘息弥漫着一丝淡淡的血腥味,盘云扶起她的手冰凉无力,盘云递过来的食笼在颤颤发抖。她哆嗦的手慢慢探向盘云——凌乱的头发，满是黏乎乎的腥。

她的心陡地一震，泪水一下子涌出了她那已干涸多年的眼眶。

公牛不出栏

导读：土地是农人的命脉，浓郁的岭南风情，再现了一个时代的风貌。

土地改革的春风吹起，过往的芦苇地仿佛一夜间消失，成了大片的田、村，邻近的茅寮人家聚拢来，一排排竖起的泥土屋从此有了一个很好听的村名——下沙南村。

刀家的土地被没收。政府实行"耕者有其田"制度，按农村人口平均分配，胡祥一家三口分得了五亩水田。狠狠地，胡祥掐了自己一把。痛，大腿上生痛。他咧开了嘴笑，那经年被海风吹裂的脸上，满漾着褶皱。

年幼失去双亲，胡祥早早地挑起了家中的担子，驾着父亲留下的那只旧木船在海上飘。小木船去不了远海，他就在近海下网。收得的鱼儿除了自家留用，他从不忘给郑家婶子送一份。这些年，要不是郑家婶子帮拉，弟弟胡越早就饿死，他也说不定早成要饭的，就更不提能娶上五菊这么好的婆娘了。至于余下的，得上集卖给宝安来的渔贩，换些生活用品。

以前上集时，每次都会路过刀家那大片的田庄。

春耕时，远远能见老刀家的佃农一手扶着犁耙，一手拽着牛绳。有牛绳的手上拎着条细棍子，佃农"咯"的一声吆喝着，牛"哞"的一声叫唤，拖着犁耙往前攥，翻开的泥土一片白花花的，像极了刚过门的婆娘五菊铺晒在沙滩边的鱼干。胡祥心里曾无数次琢磨着这套把式。有次手实在痒得急，他好说歹说，最后用鱼和佃农交换，着实地过了把犁耙瘾。当他空着两手回来时，五菊一阵好骂。而他嘻呵嘻呵的，对着五菊笑说：那泥水踩在脚底真比那蹚着海水惬意多了。

到了夏日，秧苗子齐膝高，刀家的佃农戴着草帽立在田间，一手搀着木棍，单脚在田间薅草。那脚绕着秧苗穿梭，忽左忽右，忽前忽后，风起的秧苗绿绿的，泛着一波波的浪。夹着青苗子清鲜的香气，他站在岸边，脚不停地，心不下一百次在重复那些跳跃的律动。

秋日里，串串压弯了腰的谷粒变成上千只小手更是捋紧着他的心：一串下来得有百多粒吧？足够能熬上一碗喷香的米粥呢！

想到此，胡祥笑出声来。五菊莫名其妙地看着他说，"你还能笑？我们下沙南全村仅分到一头耕牛。"

"一头？"他一惊，几十户人家几百亩田就一头耕牛？他的心一下子慌起来。五菊又说："等牛一亩亩犁好，然后一亩亩复耙完，牛若运好还有命在，怕是薅秧草的季节也该到了吧！"

他更是犯愁了："现在是春耕，刚分田地，每个生产队都缺耕牛！铁匠连夜赶工打犁或许能赶出一架好犁耙。可这牛儿怎算？就算连夜能生出牛崽，能拉犁么？"

"我们下沙南村分到的是条公牛！"弟弟胡越在一旁接口应着。

"用锄头吧！一锄头一锄头地来，或许能赶上春种。"他看着弟弟挑衅着说，"胡越，敢和哥比么？"

随笔随语

"比就比！"胡越看着哥哥，劲头十足。

那一天，他第一次带上弟弟胡越正式握锄，格外出力。到了晚上，他摊开妻和弟磨出血泡的手，心痛得直落泪。他却忘了自己，那起了血泡又被磨破的手，早肿得老高。他只觉得，脚踏泥土的感觉真的比踩着那海水要惬意！

第二天，他的手已合不下锄把。五菊说，"这不是法子。我们仨人这么地拼，都两天了，仅锄开湿田的一小块。"他沉默了，想起牛翻开泥土时的那片白花花。半天他说："胡越，我教你扶犁。"五菊眼睛发亮："你能弄到牛？"

他嘿嘿一笑往村里走去。片刻间肩着犁耙往田间走来。到了田边，他教弟弟扶正犁把叮嘱别扶歪了。随后一弯腰钻进耙套中，把犁套往肩膀一搭，敞开嗓子喊起来："哞，走喽……"

胡越忙扶正犁把紧着往前撵，那犁耙搅着水声哗啦哗啦地响，掀起的泥土白花花地翻作一片。惊得五菊在田垅边忙不迭地跳脚直叫："疯了，这兄弟俩，真个疯了…"

他在前头笑得更着兴，不时"哞"的一声，唤得劲头十足，一片犁耙水响跟在身后响得更欢。那年春天，因为他率先钻进犁套带动全村耙好所有的田，全村及时插上了春秧。

而胡祥，却因为过度劳作而病倒在床上。

杜鹃来了

导读：在扫描世事的同时，学会用一双聪慧的耳朵，听他人诉谈往日的故事，借他人之口，琢自己之玉。

守候一株鸢尾

这是一个我听来的故事。

那天我们下沙南狂风夹着暴雨，天气预报说是台风"杜鹃"登陆。回来的路上，看到家门不远的几家港资厂前贴着放假通知。

我爷爷胡祥躺在落地玻璃边的摇椅上，给我讲了这么一个故事。

我爷爷胡祥说："那年，也是这么大的台风夹着暴雨，游荡在那时仅几十户人家的下沙南一整天。到了傍晚还没有停歇的意思。屋顶那被骤风卷起的茅草片四处乱窜，偶尔还带着哪家来不及收起的衫衣扑哧扑哧打着旋儿在空中乱转。湍急的雨水从村后的矮坡上斜泄下来，坡顶上的半截子山土经雨水冲击而耸悬在半坡，随时就会崩塌……

"天亮后台风退去。于是矮墙头边、沙土堆旁、断檐壁下慢慢地探出一张张满是泥垢的脸，他们望着满地遍布茅渣和血渍的残墙断壁，呼天吼地的哭声一阵接一阵在我们下沙南上空传了开来。"

我爷爷胡祥长长地叹了叹气。门外的雨下得更急了，穿过阳台重重地打在落地玻璃上。窗外的那棵木棉花的枝叶整个地弯塌了下来。

"后来呢？"我急切地问道。

"后来啊……"半晌我爷爷胡祥说："我当时只听得一声巨响就晕了。等我醒来，在一堵乱墙根下我找到了阿妈。随后在阿妈蜷缩的身底下拖出嗷嗷大哭的三弟胡超和二弟胡越。抱着阿妈已僵冷的身子，再擦净她头上已凝成紫色的血迹，我们兄弟仨人早哭成一团！

"葬好阿妈。我领着两个弟弟穿过村外沙泥覆盖的田地，那些原本绿油油的庄稼啊，已成一片青灰色的沙浆地！村西那片枝繁果密的荔枝林，仅剩下几颗半耷拉着的荔枝粒。邻家的徐四奶奶带着孩子在田边扒着沙泥。她小心地把沙泥中拔开的庄稼立正扶稳，再把扒出来的沙泥装进旁边的破盆里，由伏成和伏奎两个光着脚丫子抬向远处的海边。看到我们兄弟，徐四奶奶说，移吧，移走了沙泥，庄稼就有了活路。

"'哥哥，我饿！'五岁的胡超拉着我的衣襟发出细蚊子般的哀叫。我又何尝不饿呢？自清早在自家垮下的土墙边拣到些残留的米粒，在破口的铁锅上熬了些粥水吃了直到现在！我随徐四奶奶扒开那些病恹恹的秧苗子，那些秧苗子喝过我滴下来的泪水后，终于快快地站了起来。我的泪淌得更重了，以后的日子我该怎样去等这些庄稼长大来填饱我们兄弟早已干瘪的肚子？

"那段日子，村里的后生接二连三地失踪了。私底下我听人说，从宝安区进入皇岗口岸，二里不到的海路对面就有活路。到了香港，去给那边洋鬼子的码头上扛活计，能挣到不少洋钱。看着饿得跟那秧苗子似的两个弟弟，我沉默了。找到徐四奶奶，她说暂时能帮我照应着。她又说山后坡还有些野菜子，那砸坏的渔网想法补补或者还能用！最后她说你也大了，去碰碰运气吧！有活路，总比在这儿挨饿遭罪儿的强！

"我走到皇岗口岸时，才发现白天边防查得很紧，好多没有边境证的一个接一个地被抓了。听说还有人游过了边境却被当场给毙了。他们傻啊！大白天的怎能偷渡过港呢？等天黑后巡查船返港，那海上黑麻麻的一片，顺着对岸的灯光游，只要水性好半小时就到香港了。我偷偷绕上了边境旁的大山，站在山顶我望到了海那边高高的盒子楼。你说同样是海啊，怎么两地相差这么大呢？那边不是也有台风的么？为什么洋鬼子领治的土地就没人来我们大陆讨活路啊？"

守候一株鸢尾

　　我爷爷胡祥眯着眼又一次望向窗外。外边风小了，那被暴风急雨摧卷过的木棉树叶，又欢快地舒展着手脚摇曳。他佝偻着身站起来推开客厅的门，接着对我说："我猫起身子悄悄地向山下的海滩靠拢，先躲躲养足精神吧。想到此，我偷偷钻进了海边的乱石丛，在石缝中我很幸运地找到了一些海蟹，嚼完那些海蟹后不知是否太累，我居然做了一个梦：我梦到我们下沙南那些涌上来的沙泥突地不见了。好多像香港一样高高的水泥盒子楼立了起来，那台风来后刮啊闹啊盒子楼都不理它，最后只得气溜溜地走了。面山靠海的村口上也筑起了一道道宽宽的厚厚的水泥坝子，那海沙在坝子外也是闹啊闹啊的，就是进不来我们的田地。那地头绿油油的庄稼啊，正在疯长着哩……"

　　我爷爷胡祥喃喃地说到这里时，歪歪地靠在摇椅上竟打起了盹儿，他花白的头发在风里一耸一耸地飘，我问："后来呢？你潜水过香港了么？"

　　一屋子轻微的鼾声回答了我。

转角故事

　　导读：季节有转角，转过冬季，春暖花开；人生也有转角，转过灰色地带，爱可以重来。在这个故事里，转过街角，是温暖你视听的精彩。

　　那家奶茶吧，小小的，离我所住的福围小区不远，穿过十字街，右手第二条小道绕过湖心园再往北拐角便是。奶茶吧的前身是家书报亭。来来往往的人停下来，匆匆买份报纸，又匆匆一闪而去。我与小区那些住户一样，常去报亭看报，或倚，或蹲。

再次去买报，门却关了。隔壁店相熟的店主说：这幢楼的房东太太犯糊涂，莫明其妙把那个店铺的租金涨了。时隔多日，再路过街口，报亭已失去了踪迹，新装修的招牌上写着：转角故事。

从前左角或倚或蹲着人的地方摆了两排长长的木椅；右角的泥沙地重新铺上水泥后新添了几张露天圆桌，每张桌上又各支把湖蓝色的遮阳伞，伞裙飘飘，刚好圈着绕桌的四把小藤椅。七字型的店面被这样充分利用后宽阔了好多。

在我一直的观念中，茶吧的滋生，是针对学生哥学生妹这类年轻一代的新生物，而致使我再次光顾的，不过是奶茶店前的那排售报架。而我和奶茶妹的接触，很长一段时间也仅限于一枚硬币换得一份报纸而已。

尽管女孩每次都说：嗨，先生好！露天椅那儿有看报区，您可以在那里坐坐。的确，很多的人坐在那儿读报。但我仍惧怕自己的天真会影响别人的生意，从而会再次伤害自己那颗脆弱的心。这个再次，其实说来挺让人难堪的，也许原先的报亭老板当时只是习惯性的一句：亲爱的，让让！只是我从此多了心。

和女孩真正熟稔起来，还得从那杯烧仙草开始。看过很多次奶茶店的顾客点双皮奶和烧仙草，许是天气燥热，许是因为好奇吧，一枚硬币换一份报纸的来往中就多了一份六元的烧仙草。付款时，我刚掏出兜里的七枚硬币，女孩的手指同一时间掂起三枚硬币迎过来。双双一怔过后，女孩率先笑起来：嗨，原来我俩都是硬币控喔。说这话的时候，她半眯缝着眼，灿烂的小虎牙露出来，给人的感觉是发自肺腑的真诚。我在她的笑声中也越来

守候一株鸢尾

越喜欢待在茶吧，看女孩忙碌。

嗨，帅哥好！双皮奶加冰是吗？左侧露天桌是 wifi 区，网速超快喔，请坐坐稍等片刻。清脆的声音响起，女孩转过头喊：阿一，双皮奶一份，请多加冰哦！

收到，曼妮姐姐……后堂有脆生生的男声传来。

嗨，姐姐您来了？还老样子吗？嗯，好的。清脆的声音再次转向内堂：小五哥，榴莲酥五成焦，豆浆请加热。

收到，曼妮小姐……内堂另一个浑厚的男中音传来。

嗨，小朋友好，昨天的手抓饼卷紫菜蛋好吃吗？好咧，再来一份。来这边，有海绵宝宝看喔。她转向店后：小五哥，麻烦再烤一份手抓饼，卷紫菜的喔。

收到，曼妮小姐……内堂浑厚的男中音再次传来。

嗨，爷爷好，要豆浆？还是奶茶？热的吧！热饮对老人的肠胃有帮助。行，我打包给您捎走。那边有空位，您翻翻报，稍坐片刻可好？清脆的声音转过头喊：阿一，热奶茶加椰果，爷爷的椰果麻烦再绞碎些。

收到，曼妮姐姐……内堂的脆生生的男声又传来。

我注意到不少老人喝完或者提着打好包的饮品就径自离去，就提醒这个叫曼妮的姑娘：嗨，曼妮姑娘，刚刚是不是忘记收单了？曼妮竖起食指小声说：嘘！到你六十岁，请记得带上身份证来办理免费卡哦，日供一杯！曼妮的小虎牙再次灿烂地露出来。

我吃惊的同时，也佯装泄气：到六十岁，我还有三十多年去等！哎，别急嘛。曼妮一弯腰，从茶吧内变出一大串新鲜的石硖：有位奶奶早上送的，超甜喔，你尝尝。

回去的路上，我遇上了隔壁士多店的老先生买菜返回，两人站在路边聊了会，突听他说：你说怪不？我们房东老太太主动把茶吧的租金减了！

　　我一笑，如果我是房东，或许，我也这么做，与人方便，与己方便！

大　佬

　　导读：写熟悉的生活是一条大道。所谓熟悉的生活，对大多数作家来说就是身边的生活，平民的生活。平民世界像大海一样承载着万事万物，遨游其中，必有惊人的收获。

　　下沙南商铺林立，西街一到下午更是热闹非凡，两旁的商铺前沿，一溜儿摆开各类吃食摊，那些个辣豆腐串儿，浓汁卤蛋儿，酸辣粉条，还有卖玉米串儿、烤白薯的……浓香的名字光听就让人忍不着驻足。

　　大禄的水果摊也在这条街上。

　　大禄有手绝活。一块钱一斤的西瓜，一块五一斤的甘蔗，客人各递上两块钱，他抡刀一呵气，手起刀落，西瓜甘蔗往客人面前一递，不需称。有客人不信邪，大声嚷嚷说他诈唬人。大禄一笑，不言不语地把人带到村委会设在街道的公称旁，一过称，嗨，分毫不差。惊得客人直竖大拇指。

　　大禄也好酒。125ml 的二锅头，每日一瓶，雷打不动要喝。他那老婆叫春香，平时爱唠叨，逮着大禄喝酒就唠个不停。大碌呢，不吱声，闷着头继续把菠箩往手心一托，架刀一旋，整层皮瞬间落了地，随后抬手，刀子上下起落，菠箩肉整整齐齐落进桌上的玻璃缸里。旁

守候一株鸢尾

边烤红薯的老李是个快活人，见此就打趣：大禄一手好刀啊！走遍深圳无人比！大碌咧嘴刚笑，一旁春香接口就骂：好啥好？他娘给他取个名叫大禄，指望他能有个福啊禄啊啥的，他倒好，福禄没见着，整天喝酒耍大刀，真当自己是江湖大佬啊？旁边的人听罢全哄笑起来，跟着"大佬大佬"地乱叫起哄。大禄听罢瞪着双大眼嘿嘿一笑，刀身又一个飞旋，继续干他的活儿。气得春香的骂声穿透整条街，而西街在这嬉笑怒骂中却更繁华了。

也不知何时起，镇上来了一伙安徽人，为头的人称"飞机佬"。他一到西街，就沿户发张"和谐帖"。大意是为了和谐社区，每家档主收八百元的"管理费"。

小档主们一下都苦了脸，去下沙南村委会投诉过几次，上面说：调查。

这天，飞机佬带着他的马仔们来了。他们一伙来到最边上老李的烤红薯摊旁，嚷嚷道：老头，从你开始，交管理费。

老李忙从衣袋里摸出软壳红双喜烟，弯着腰双手毕恭毕敬地递了上前笑道：兄弟，这月我手头紧，管理费可不可以少交些？

老头，谁你兄弟啊？少废话，快拿钱来！飞机佬喝道，立在旁边的马仔就走上前搡了老李一把。老李一个趔趄，险些跌倒在地上。他从衣兜中掏出钱包，抖擞着数出几张红通通的钞票送上。飞机佬接过钱在手上搓了搓，一下扔在老李脸上：老头，看明白些，这是五百，你他妈的少给了三百！

"我真就这么多了……"

"老头，活不耐烦了？""吧嗒"一声脆响过后，老李捂着脸蹲了下来。

大禄抡水果刀的手此时紧攥着拳头，春香一把上前按着他的手说：你江湖大佬啊？飞机佬咱惹得起？大禄闭着眼长长地叹了叹气，手松了下来。

此时李婶嚎哭着上前扶起老伴老李，"啪"地一下，身上却挨了一脚。接着一阵"哐当哐当"响声过后，老李的烤红薯车斜塌在一边，人群立时不安了起来，惊叫声夹杂着一声声沉重的叹息。

"你们太过分了！"

"谁他妈的想找死？"飞机佬指着大禄喝道，有马仔上前对着飞机佬一阵耳语。飞机佬闻言一怔，继而哈哈大笑，眼睛对着大禄斜瞟过来：听说会玩刀啊？就凭你这种一天到晚挨老婆骂的怂货？

大禄抓起桌边的二锅头，一咬瓶盖，咕嘟两口，二锅头就全灌进了肚里。飞机佬的笑声又传了过来：怂货，多喝点，喝完朝爷这儿来。飞机佬对着自己脑门指，一众人的讪笑立即响起来。

大禄眼睛变得血红，大大的眼珠鼓突突的，双脚一晃，手一抬，瓶子碎在地上。他拎着水果刀，一把搀起地上的李婶，紧逼到飞机佬跟前吼道：你个龟儿，老子先和你拼了！

"上。"飞机佬边往后退，边招呼后面的马仔。胆大的马仔刚一贴上前，大禄的刀就劈过来，吓得那马仔连连后退，大禄节节跟上，又招呼众人：撵走这些龟孙儿子。

"对，砍死这龟孙子！专欺负我们这些小生意人！"

"和这帮龟孙拼了！"

旁边一时怒声四起，菜刀锅盖劈啪作响，小贩们片刻全拢了过来。

飞机佬本也就想吓两个钱花花，一见这阵式叫道：疯子，一群疯子……一伙忙往后退，一溜烟全跑了。

不久以后，村委会组织的"红袖章"来维护治安，每户按月交五十元的卫生管理费，但大伙都掏得爽快。

那春香还是喜欢一天到晚唠个不停。大伙也还是喜欢"大佬，大佬"地乱喊，只是目光里满是敬重。

一念之差

导读: 芸芸众生在世间碰擦，交汇，免不了阴差阳错。但凡心怀一善念，或将人送上天堂；相反，便陷人于地狱。慎之，慎之。

我调来下沙南警区后遇上一件怪事。

按照110接警中心同事提供的地址，我和老警员肖科一起赶到了报案现场——南川路的一家烤羊馆。

报案现场没有我想象中的大吵大闹，也没有任何打架斗殴迹象，清冷的烤羊馆内只有一张桌子上有客人。那位唯一的客人光着上身坐在店内，桌上放着一份烤羊腿，一瓶啤酒。店主立在门边，看到我们，指了指内堂那位斯斯文文的男子，一脸委屈地向我们诉说:"就是他，整晚地要求我给他找衣服，还撵走了不少客人。"

我和肖科走进店内，看到那男子时，肖科失声叫起来:"怎么又是你?"男子抬头看到我们，把啤酒瓶在桌子上敲了一下。肖科摇了摇头，转向我，往男人那边努了努嘴:"若有兴趣，你先来问问吧!"

"为什么报警?"我在那男人对面坐下来后轻声问他。

"我的衣服不见了!"

"衣服怎么不见了?"我问，眼睛同时望向一旁的烤羊馆店主。

"我不知道。我只记得在这儿吃烤羊腿，可我醒来时，我的衣服不见了。我要找我的衣服！"

"不，他说谎，他进来的时候只穿一条短裤，我店中的监控可以作证。"烤羊馆店主急急地上前辩驳。

"你的家在哪？我送你回家，你睡一觉酒醒后什么都会记起。"

"不，我没醉，我不回家……"男人突然很恼火地站了起来。

"我要找衣服，衣服！你懂吗？"他晃着手中的啤酒瓶，再次敲着桌子冲我大声嚷叫，后又猛地趴在桌子上呜呜哭起来。肖科拉了拉我的衣袖，示意我不要再问下去。他掏出手机，拨过一串号码后走向店外。当他再次返回店内的时候，看到站在门边的我，附在我的耳边说："信不，如果你再问，他会说是你拐走了小芬！"

"小芬？"我张大着嘴巴，立在原地半天没有反应过来。

一辆带着铁窗的救护车出现在烤羊馆前，肖科迎上前，很熟稔地上前和医生打招呼，又招呼我进店帮忙。

那男子听见车声止住了哭，抬头看到进来的医生，再一次激动地冲着我叫起来："警察同志，快抓他，就是他！拿了我的衣服，还拐走了小芬……"

救护车载着那男子离去后，烤羊馆店主抹了一把额前的汗，叹道："他这样不时地来闹，看来我也得转让了！"

肖科拍了拍他的肩膀："这个……我只能抱歉！但愿他不会再逃出来！"

一路回警局，肖科没有理会我无数次投向他诧异的眼光，而是直接走向档案室，从一叠资料中抽出其中一份翻开递给我。

守候一株鸢尾

　　那是份一年前的接警记录，大意是当事人李安和女朋友在原内蒙烤羊馆吃烤羊腿，两人当晚喝了不少酒，其间女方提出了分手（原内蒙烤羊馆的店员笔录中证明他们曾为此发生过争执），再次争执中女孩先离开了烤羊馆。另有目击者称，李安追女孩到了烤羊馆店后不远，拉拉扯扯中不知为何把自己衣服给脱了，女孩在路人的指指点点中，羞恼地抱着李安地上的衣服，一把扔进不远的臭水沟，并哭着跑了。当李安表情呆滞地再次来烤羊馆的时候，光着上身仅穿着一条短裤，他缠着前台的老板娘帮忙找件衣服。此时店老板刚好从楼上走下来，误以为这个逃了单的客人又来调戏他的妻子，很恼火地招呼烤羊馆的伙计一齐把李安海扁一通后才报警……

　　"当时接警的也是我！"一直闷在角落抽烟的肖科看到我合上接警记录后说。

　　"就是这个李安？"

　　肖科点了点头："李安从此疯疯癫癫。被送进了精神病院后，仍然不时光着上身逃来烤羊馆吃烤羊腿，吃完后就请求店主报警找衣服。如此几次后，本来为此事赔偿了一笔而造成不少损失的店老板不得不转让了烤羊馆。还有一件事很奇怪，李安被送进了精神病院后，精神病院莫明其妙接到过一大笔匿名给李安的治疗费和衣物，汇单上的字迹娟秀。"

　　办公室很静，报警的真实背后如此复杂，这是我没有想到的！好长时间，我俩没有再说一句话。久久后，我问："你说，如果当时没有遭遇那通暴打，老板及时伸出援手，会怎么样？"

　　"不好说，不过——如果没挨那通打，或者——他还在物流公司做总监吧！"肖科苦笑着，手中的半截烟头落地后蹿起一串长长的火沫子。

变色龙

导读： 诚信是本，和气生财，自古商之道也。若一味的投机取巧，巧言令色，终报自身。须知：人在做，天在看。

我的同学姓曹，叫曹操。

但你别误会，此曹操，非彼曹操。

曹操从山东老家来西街后，开了家水果店。他店里除了苹果、香蕉、梨子这些四季常果，还有品类繁多的时令水果。曹操做生意很上心，比方说那苹果吧，同一个批发市场批过来，别家也会挑挑拣拣、擦擦抹抹的整理一番才往货架摆。同样都批货，同样都整理，可曹操就和别人不一样。他每次去批发市场，总会习惯去就近的果场里摘些新鲜的叶子盖在水果上，同行就笑骂他，曹操你个狗日的，你这跟脱裤子打屁有啥差别？

批来的水果，曹操按大小分好，然后找干净的白毛巾，逐一细抹遍，不抹得一个个透光发亮他绝不罢手。抹好水果，他把那些鲜叶逐片洗净，大的看相稍好的价格标高些，小的歪瓜裂枣的价格打低点。完了底上垫一层叶子铺一层水果，一层层的呈三角状垒在货架上。同行又笑骂，"曹操你个狗日的，卖个水果还兴绣朵花啊？"

曹操说：说这话，证明你out，说你土吧你还别不服，咱虽然卖的是水果，但吃在人家嘴里的东西，也得有讲究，人家看着动心才想要你的水果，人家心情好吃得才开心，下次一准得还光顾你。

守候一株鸢尾

的确，曹操靠着这个水果店，赚了不少。不说别的，每次朋友聚会，曹操那辆红色的大众宝来就让我很眼热，就因为比我的摩托车多了两个轮子，靓女们在我和曹操同时出现在聚会点时，我就成了理所当然的配角。

忽一日，听另外一个同学说，曹操的好生意仅仅维持了前几年，现在的生意好差，想转让。听这话，我先是大吃一惊，无数次听曹操说：水果生意会是我的终身事业，我终身要以做大做强水果店为己任。

其时我表姐夫刚好失业，我把曹操水果店在转让的事对表姐夫提了提，提转让的时候，我免不得又咬牙切齿提起了曹操那辆让我深感痛恶的宝来轿车。我那表姐夫一听我说到曹操的小车，眼睛当时就闪几下绿光。他说：去实地暗探暗探。大概又顾及我和曹操的关系要好，他问过我曹操店铺的具体地址，就独自上了街。

约摸一餐饭的工夫，我那表姐夫就兴奋地回了我家，进门时手里还拎着一大袋桔子。他说：我假装买水果去那儿看了看，店面位置还行，就是店内太乱，卫生差。说着就把水果往我怀里塞，我那在商场做计量员的老婆这时刚好下班回，上前和表姐夫客气几句后顺手接了过来，末了我老婆说：真沉！姐夫，你这买的是多少斤啊？

表姐夫接口答：十斤。

我老婆当时听了一怔，把手里的桔子又掂了掂，她看着表姐夫，嘴巴动了动，似乎想说点什么。但她很快转过身，提着水果进了厨房。

我的屁股在客厅沙发刚落坐，我老婆就在厨房高声喊我，"李蒙，李蒙，你过来一下。"刚进厨房，老婆向我努嘴示意手中的小手秤，我凑过去望，刚刚好八斤半。

姐夫听我拐弯抹角地说完，红着脸噌地一下提着水果就往外跑。

我连怪老婆不该多事，当着表姐夫的面说他缺斤少两，他的脸哪挂得住？我又扇了自己一记大嘴巴，恨自己多嘴。这下麻烦了，搞得表姐夫下不得台，亲戚间为这点鸡毛小事伤和气，传出去多难堪啊，我忙追了出去。

一路撵着表姐夫来到西街，看着他进了曹操的水果店。隔了大老远，我看到表姐夫把水果往桌面一扔，说：老板，你称称。

我看到曹操把水果往台称上一放，然后在称台上按动几下说：八斤半啊。你啥意思？

我表姐夫说：刚刚我买的不是十斤吗？怎么成八斤半？你解释解释！

曹操说：我还想问你呢，刚刚称给你的明明是十斤，你现在故意提个八斤半来忽悠我，啥意思啊你？

我走近时看到我那表姐夫额头青筋突起，手中都捏起了拳头，我一看不对劲，高声喊：姐夫，你在这啊？

曹操转头看到我，愣了一下，但很快他笑着说：啊呀，李蒙啊，好一段日子不见你，怎么一见面就和我开这玩笑啊？这是姐夫吧？来，来来，姐夫快坐，吃龙眼，吃龙眼，刚上市的，鲜得很。这，这，这，想吃什么，尽量拿，别客气，我和李蒙是兄弟，他姐夫就是我姐夫……

曹操的嘴巴还在不停地动。表姐夫愣在那儿，一会看着我，一会又看着曹操，什么话也没再说。

回来的时候，我表姐夫涨红脸对我解释说：李蒙，我发誓，我买的真是十斤，刚才你怎么不帮我说句话啊？

我说什么好呢？曹操是我同学。

神 算

导读：天花乱坠的江湖术士，可谓多矣。慧星砸中埃菲尔铁塔，可谓巧矣。然而，果真如此么？

西街有神算。

三月初，林子又去西街找神算麻七。神算麻七掐了掐手指说："恭喜你，你八字（年庚）本月正走喜运！今年是龙年！避开二月、四月和九月等冲月后，12月份生宝宝最好。你八字有定，本月喜运，宝宝会在12月份生，你怀的可是能庇荫一方的神龙之子啊！

林子喜洋洋回到公司，业务部的姐妹们就叽叽喳喳地拢上前，不容林子坐定喘气，姐妹们就七嘴八舌地抢开了话匣子。

"说说，这次他是怎么说的？"邻座的小郑问。

"什么时候能怀？"西西赶急着也接口问道。

"本月喔。"林子拥着关姐大笑着说。

"本月？我查查。"关姐打开了电脑："知道吗？咱们的毛主席、朱司令和乔总理等知名人物都是12月生哦，小络，神算说了这月真能怀？"

林子郑重地点了点头说："神算说我八字能怀，而且会怀大人物。"

"咦，福宝宝哦，可惜我还没对象，否则……"小郑满是羡慕地望着林子。

办公室欢声四起。

月中，林子一向准时的例假没来。关姐一伙围着左看右转，上上下下打量了一番，"难不成又准了？真是神算！"

按说林子这类新女性是不该信算命占卦这玩意，但神算麻七的确名不虚传。

毕业那年刚分来恒通公司，业务部老大姐关玲领林子去逛街，碰上了被一群人围在街头占卜算命的麻七。关姐说："算一算？听说他可准了。"活了 24 年林子还真没算过这玩意，一时特好奇的，于是嘴一歪，"那就算算呗。看看小严什么时候返回结婚。"

可麻七说：你命中迟婚。林子一听就和关姐双双笑出了眼泪，其时林子和男友小严恋爱四年，两人计划，等小严从美国进修一回来就结婚。双方父母都在开始筹备婚礼。麻七翻了翻他那满是白珠子的双眼，斜瞟了林子半天后说："你不信啊？那你年底来再付我钱吧。"

然而不待到年底，在林子四年的爱情和男友一张居美绿卡的 PK 战后，林子双倍付了麻七的卦金。

几年后，关姐见林子还是单身，介绍一茬茬的对象，林子都不痛不痒地联系过两次后不再有下文。关姐无奈，又一次硬扯上林子来找神卦麻七。神卦麻七这次没对林子再翻白眼，他掐了掐手指，对林子拱了拱手说："恭喜啊姑娘，今年等着做嫁娘吧。"

"什么话呢？"林子寒着脸，鼻一哼一脸漠然扔下了一张纸币，拉着关姐就走。对于爱情，林子已心冷，甚至怀了一辈子就打单身的心态。

然而世间的事还真难说，葛明当年调来恒通公司，成了业务部的经理。鬼神差使，年底林子真成了新娘！

三月月未，林子的例假还是没有来，关姐大喜："准了，准了，又给算准了！"一伙人扔了林子柜里备用的卫生棉。

葛明主动戒了烟，笑说：省钱早还房贷，多买几罐奶粉。

该林子乐的事儿还多着呢。业务部通常加班加点地外出跑单派单，从卜卦那天起，姐妹们便动葛明申报公司，调林子做文案，那些日子，整个业务部就数林子最闲。每天一上班，葛明会递上电脑防副射装；小郑教她上网搜索各种育儿信息；西西插空溜号陪她逛遍了大大小小的孕妇裙店；关姐从药店买回了叶酸和钙片，碎碎地一遍又一遍地唠开了："这怀孕啊，头三个月得每天服叶酸，预防咱这神龙之子畸形貌丑；这钙片啊，早晚你一定得记得吃，咱龙子身块儿可不能太小了……"

四月初，临下班时林子例常如厕，不经意间一低头，"啊"的一声惊叫过后，冲办公室大喊："快啊，卫生棉！"

转眼龙年过去，林子的肚子还是没动静，去找神算麻七，他掐了掐手指，长叹一声说："唉！你终究只是凡身，凡身难留住神龙之子啊！"

林子神情落寂，此后一病不起。

后来在医院，医生说："气血运行不畅导致月经条乱，在现代工薪族中最常见！"

寻狗启示

导读：敏锐的眼睛捕捉当下领养宠物狗的生活画面，以"寻狗启事"这张纸为道具，将衣衫褴褛、捡垃圾的"七婆"与失踪后、被悬赏五万元的"贵妇人狗"，置于同一空间维度较量：人在家里的份量远不如一条狗，让人痛心的同时，禁不住深思起当下价值观、人生观。

七月的深圳，热浪一阵高似一阵地袭向黄昏的下沙南村。七婆和往常一样匆匆地吃过晚饭，一手捻着个蛇皮袋子，一手夹着把火钳锁上木屋的门向巷口走去。

巷口左侧是一个垃圾屋，七婆弓着身子手握着火钳在垃圾层中一阵一阵地拨拉着，不时地将一些碎纸片、碎胶之类的小物品塞入手中的蛇皮袋中，每塞一次七婆的心就着实地安下不少。一阵忙碌过后，七婆直起了身子，捶了捶发酸的后背，抖了抖手中的蛇皮袋，一毛一个的胶瓶，五毛一斤的碎纸片，积攒下来就是明天的菜金。

巷子里走出一个女孩，拎着袋垃圾款款地向垃圾屋走来。七婆快步走上前微笑着接过女孩手中的垃圾袋，到手后轻轻地倒在地上，快速拾起两个矿泉水瓶放入蛇皮袋子里，又拨动了几下垃圾袋捡出了几本废书，反复搜索几次后，才将残存的饭屑菜屑扔向垃圾屋。

傍晚的热浪更重了，七婆坐在垃圾屋旁的台阶上，望着街边川流不息的车辆发呆。一阵风吹过，一阵凉意拂面而来，随风而响的是垃圾屋墙上那半撕裂的启示。那字儿七婆认识，年轻时好歹也做过下沙村小学的代课老师。那是一张寻狗启示。多可爱的一只狗儿啊，金黄色的毛儿，和儿媳妇翠云养的那只很相似，失主悬赏十万元。十万元啊！得捡多少瓶子啊！只可惜下面的字儿早让人给撕了，想到此七婆重重地叹了口气。

守候一株鸢尾

想到儿媳翠云，七婆好一阵心酸。老伴走的那年，儿子福生刚十岁。十岁的福生像那田里抽穗的麦儿，身体和成绩一起扑愣愣的疯长着！七婆硬是靠着微薄的代课金，外带一些工厂的小加工活拉扯大了福生。还记得福生考上大学那年，让七婆着实又喜又忧纠结了整个暑假，当跑遍了所有的亲戚，福生的学费还是差上那么一大截，无奈之下，七婆悄悄地走进了血站。好在福生也算争气，大学毕业后扑通一头扑进商海，天时地利人勤一下子就赚了个盆满钵溢，七婆也就跟着进了城。

赚了钱后的儿子福生忙得不得了，儿媳翠云就索性辞了工作，做起了全职的富太太。儿女渐大以后，闲下来的富太太翠云闲得发慌，就一头栽在麻将桌上了。发了财的儿子福生一次从法国回来，除了带回一笔丰厚的订单外，也带回家了一只听说很昂贵的贵妇人狗。

那只被取名"哈丝儿"的贵妇人狗，长着漂亮卷曲的长毛，经过精心的修剪，它的外表很是显得雍容华贵，所以也就成为儿媳翠云的最爱。只是常常打麻将时的翠云多过爱狗时的翠云，于是七婆就多了只不会说人话的"宝贝孙子"。

不会说人话的宝贝孙子哈丝儿生来娇贵，饿了得是猪、牛、鸡的肺脏之类煮熟切碎后，与青菜、玉米面等熟食混匀后才喜欢；闷了不时得带出去兜下风；累了得为它洗下澡；洗后必须得仔细地用吹风机为它吹干；然后用棉纱为它擦洗口腔……因为麻将散桌后的翠云兴许还会带着哈丝儿睡觉。

时间一天天地过去，哈丝儿越来越漂亮，也越来越娇贵。可七婆却在一天天地老去。年老后的七婆常常会忘记给哈丝儿剪指甲；年老后的七婆也会常忘记给哈丝儿吃金维他钙和维生素；更会忘记在天冷时给哈丝儿穿漂亮的小马甲；年老后的七婆炒的那些咸淡不均的菜也让儿媳翠云的脸色越来越难看。

在七婆又一次忘记吹干哈丝儿头发的时候，哈丝儿感冒了。感冒了的哈丝儿让翠云心痛不已，七婆的耳朵也就装下了不少的牢骚！在深深地看了一眼一直坐在电视机前不语的儿子福生一眼后，七婆拎起小包，返回了送走老伴，养大儿子福生，挣扎了半辈子的老屋下沙村。到现在一晃半年时间过去了！

又一位男士路过，顺手扔下的矿泉水瓶子当的一声响拉回了七婆的思绪，七婆一个箭步上前捡起瓶子放入蛇皮袋中。身旁又一辆车子从七婆身边驶过，黑色的，七婆心头一热赶紧望了过去，车驾上坐着一位年青的后生哥，一阵失望掠过七婆的心头。儿子福生也是开着这种车子！

天更黑了，路面上的路灯也亮了起来。又一阵风吹过，凉丝丝的风卷起一张纸片飞来。七婆又一次快步上前一把抓住了。是一张寻狗启示，正欲放入手中的蛇皮袋中，路灯下突然一行熟悉的字儿掠过七婆眼帘，七婆揉了揉双眼，凑近了路灯看到：

本人于本月 20 日不慎在宝龙花园丢失贵妇人狗一只，此狗三岁周龄，金黄色的卷毛，深受主人喜爱。

如有拾到者重赏十万元。

联系人：邓福生。

电话：138***66888

陡地，一行浑浊的泪水从七婆脸颊流了下来！

守候一株鸢尾

棋 局

导读："千里修书只为墙，让他三尺又何妨。万里长城今犹在，不见当年秦始皇。"张英当年这首脍炙人口的礼让劝和诗，至今仍不失为构建和谐社会，缔结邻里和睦的"葵花宝典"。

　　胡越刚搬到下沙南时，附近都是正在施工的小区。整片的高楼罩在防护网中，工人们热火朝天地在网里忙碌。大大小小的坑填满了唯一的路，胡越的摩托车一过，尘土就会像一群饿狼在后面拼命追赶。

　　胡越生活超市开张那天，隔壁的孙源速递物流中心也在一片噼啪作响的爆竹声中挂了牌。

　　一墙之隔的两家店铺，同日开张，自然的，就亲近了许多。没生意的时候，胡越与孙源就坐在店铺前闲扯，聊着聊着，居然发现两人都爱好象棋。索性在门前土路上架了张石桌，抹一层油漆，画上棋盘，象棋一摆就成了局。

　　通常，胡越忙完了店中活计，就冲着隔壁喊："阿源，得空吗？"

　　同样的，孙源得闲，就敲着桌子，对着超市招呼道："小胡，开桌喽！"

　　这样，在下沙南一片飞扬的尘土中，就会经常听到两个男人的掷棋声。

　　"阿源，小心你那门炮了。"

　　"马绊了脚，炮和马不能兼顾呢。"

　　"你上士我照样没招了，这局我是输喽。"

随后，你一声"险胜"，他一声"承让了"，又开始了下一局。

更多的时候，他们喜欢盘算楼群什么时候会竣工，每层能住多少户。小区业主们的工薪相对较高，到时又会给各自的生意带来多少赚头。而后在棋桌散场后，两人会在外面的小炒店叫上两个小菜，就着胡越店中的青岛啤酒，举杯交盏，喝得欢畅时，两人就干脆光着膀子喝。

日子在棋桌上匆匆晃过。下沙南的高楼里陆陆续续地住满了人。那条坑坑洼洼的泥巴路，好像一夜间就变成了宽阔的柏油路。来胡越生活超市的客人与日俱增，为了更好地拉拢顾客，胡越就在店门外的柏油路边，一溜儿摆上了几台桌球。

不几天，孙源物流中心就多了几名配货工。店门外的柏油路边，不知何时起，也多了几个打包场。

这天，胡越出神地坐在石桌前，孙源也默不作声地凑上来。

下棋时，两人都憋着股劲，一改往昔边下边聊的轻松情境，彼此一句话不说，只是盯着棋盘，但都能感觉到对方身上冰冷的气息。

胡越挥车过来，孙源跳马直击，两人布局小心谨慎，毫不失误。随着棋局进展，胡越渐处劣势，脸上不自觉地流了汗。

孙源冷笑着打破僵局，"你的什么破桌球，严重影响了我的工人打包装了。"

胡越着子的力道也加重了不少，"你的工人打包装时占到我这边来，很影响我的桌球生意！"

"你那边客人的球杆子，几次撞坏了我的货物。我还没找你赔呢。"

"你那边打包的货物过界，撵走了我多少顾客？"

你一句，我一句，最后就站着争吵起来。看到围观的人越来越多，胡越一把推掉下了一半的棋局，气冲冲地离了石桌。

从此，好长一段日子，石桌上静悄悄的。

一天，清闲下来的胡越觉得有些孤独，坐在石桌前，盯着石桌上若隐若现的棋盘若有所思地看了半天。起身打来一桶水，仔细地擦出了棋盘。然后，悄悄搬走了靠孙源边上的球桌。

孙源刚好走到门前，看了看胡越，皱了皱眉，又看了看一侧空空的场地，停了片刻，对胡越一拱手，"谢谢胡老板。"手一挥，几个工人立时撤走了胡越这边的打包机。转身踏上了新买的黑色凌志。

不一会儿，黑色凌志又开了回来，孙源从车里抱出一个崭新的棋盘。

钱先生

导读：事业、婚姻、家庭缺哪一项，都会让人生黯然失色。可钱先生倒好，偏偏姓钱，信钱。结果呢？

钱先生在下沙南经营着一家很赚钱的物流公司，从早到晚忙得团团转。好在钱先生有钱，雇有一大帮子人为他工作：业务员、跟单员、送货司机、搬运工还有会计什么的，他身边呢，还专有一位秘书负责安排着他的日程。想见他，可以，先和他的秘书预约吧！

最近，钱先生有点烦。他名下那一千多平方米的操作部租赁合同到期，出租方下沙南村委会要在原址上改建一个老年人活动中心。钱先生派操作部经理与出租方谈过几次。出租方改建老人活动室的态度很坚决。跑了多次的操作部经理无果而归。钱先生也想过另辟蹊径找地方，但能找到的地方不是场地小，就是离飞机场远，偏离了公司总部，货运不便，管理不便，更重要的是，原场地早成为钱先生物流公司的一块硬招牌，操作部若换新场地，对新老顾客都有着很多不便，说不定会因而骤减生意。

钱先生独自闭门一天后出来了。直接找到下沙南村委会主任，钱先生提出由他私人承建老年人活动中心。

主任吃惊地看着钱先生说：你没发烧吧？这是笔不少的开销哦！

钱先生大手一挥说，这我都考虑过了。老年人活动中心的新场地我都找好了。

主任说：这事我不能作主，我还得和其他村委商量商量。

钱先生手又一挥，这样吧，老年人活动中心的健身器材，我个人也包了。

两个小时后，钱先生回到公司，把一份有村委签字的续签合同拍在操作部经理的桌子上说：这如今，只要有钱，真还没有我做不成的事。

老年人活动中心建起来后，钱先生又花钱，搞了一个大型的开张仪式。当《企业家富不忘本，个人重资建老年人活动中心》的报道上了报纸头版后，钱先生一下子就成了焦点人物，人气更加高涨，订单滚雪球般涌入物流公司。

钱先生更忙了。

守候一株鸢尾

钱先生一忙起来，就把家当旅馆了。好在钱先生有一位贤惠的妻子。钱先生的妻子叫小慧，人如其名，漂亮与贤惠兼于一身。

一天，小慧路过公司，看到钱先生的车停在公司门前。前台一问，钱先生一天都在。拔通电话对钱先生说，"老公，你今天要是不忙，陪我去逛逛商场行不？"

钱先生说，"现在不忙，可晚上有个饭局，我得准备下。对了，小慧，我开了张中行金卡，公司的赢利尽在卡上。想买什么，自己去刷，别给我省啊。"

小慧长长吸了一口气说：老公，我手上已有八张银行卡了，而且卡里都有钱，我们……那，忙你的吧！

不久，小慧父母金婚。知道钱先生忙，小慧提前一个星期就与他交代了此事。

金婚当天，小慧特意起个大早，把钱先生的衣服仔细地烫了又烫。然后给自己精心化了个淡妆。然后对钱先生说：老公，我们走吧。

钱先生整了整衣服问，"去哪？"

我爸妈金婚纪念日呢！

"天，我忘了这事。"钱先生猛地一拍脑门说，"不过没关系，小慧，你替我包一份重礼，再挑最贵最好的礼物买。我嘛，秘书的时间表上早排好了，马上到上海和一个很重要的厂商签合同。"看到小慧欲言又止的表情，钱先生又说："要不小慧，你亲自去和我秘书预约一下，让秘书安排安排，金婚推迟办，过几天我们一起去如何？"

脸色黯然的小慧，强颜作笑说：你忙吧！一转身，一行泪滚落下来。

钱先生从上海归来。在家中找不到小慧的影，打她电话也是关了机。客厅茶几上有张便笺，上面仅一行小慧娟秀的字迹：孙源，你和钱过吧！

铣先生端详了半天，才认出小慧的笔迹。哎，我也忘告诉你了，钱先生不姓钱，他姓孙，孙子的孙。

西街街长

导读：情中情因情感妹妹，错里错以错劝哥哥。戏谱里，一曲红楼唱不衰，这边厢，又闹出啼笑皆非事。

胡强无所事事整日荡在西街，下沙南人就笑称他为西街街长。因此，他就成了胡伯的一块心病。

这日，胡强又晃着空口袋在西街上闲逛，路过二叔胡越的生活超市，看到人来人往的生意很红火，摸着自己的空衣兜，呆立了好半晌，然后狠狠地一捅空衣兜三步并作两步往家中急奔。

"老豆，我要做生意。"这话未落，胡伯刚进喝进嘴里的一口茶就喷了出来。

"不行啊？二叔超市的生意好得不行，你儿子真就比你老弟孬？"胡强霎时来了情绪。

胡伯沉默了。古话说得好，浪子回头金不换。混儿能开窍是好事，自己这把老骨头早晚有天会化成敲鼓棍，到那时留下这混儿该怎么过？

胡强超市开起来后，二叔胡越来超市手把手地教了一些日子，胡强学得有模有样，接待顾客面带笑颜，进货、货品上架毫不含糊。超市生意也真红火了起来。

胡伯喜上眉梢，看来浪子是真回了头。明查暗盯几个月后，看着胡强铆得劲十足，一颗悬着的心终于落了地，慢慢地来超市突击检查的日子就少了。

半年后，胡强摸着胀鼓鼓的衣袋，隔三岔五地找上几个过去的兄弟，聚聚餐，KK歌。在众弟兄口口声声的胡老板中，心旌摇荡，慢慢守店就不那么得劲了。员工休息轮到他守店时，顾客问，老板，牙膏在哪呢？伴着摇椅吱吱嘎嘎的声音，胡强翘着双腿说，自己找吧。顾客转了一圈找到牙膏。又问，老板蚊香在哪？胡强在摇椅上惬意地松开一条眼缝，断货了。顾客买单了，胡强眯着眼，嘴角往收银台上一挑，搁那吧。

顾客是慢慢少下来了。等胡伯知晓时，店中生意早已一落千丈。气得胡伯直跳脚。胡强倒好，鼻一哼，"老豆，这半年都是我在为你卖命赚钱，你气咩气？"

胡伯一个趔趄颤着身赶紧扶墙，喘了半天粗气后抖抖擞擞地在超市前贴了张转让信息。胡强一蹦来劲，"老子早就想转让了！老豆你瞧好喽，这次我赚笔养老费给你花花。"胡伯捂着胸虚弱地叹气说，"仔啊，别犯混了！店已成这样，十万块要是有人能出——转了吧！"

胡强嘿嘿一笑，一把撕下转让信息，吩咐员工店里店外仔细清洗，补足了货后就开始活动了。

有个叫老黑的汉子被人介绍上门来接店，里里外外地看了看说，"店看起来是很不错，但生意太差，三十五万接这种店不划算。"

胡强笑说，"我这店生意好着呢，门口转让信息都没贴，我还在犹豫着转不转呢。"

老黑就大笑着说，"吹吧，都看不到什么顾客买东西呢。"

胡强接口神秘一笑，"来我这消费的都是阔佬，整包整包地拎货的。哥们你要不信我就在这守着吧。"话刚落就来了个小伙子，进店芙蓉王、大中华等名烟一要就好几条，价也不讲付钱就走了。胡强嘴一挑，"看吧，来我这消费的都是有钱的主。"

老黑就沿着超市转了一圈。不一会儿叽叽喳喳又来了几个穿着新潮的美女，进店左挑右选不一会儿麻辣副食品每人拎一大包，叽叽喳喳说笑间付了钱就走。胡强轻轻地对着老黑的耳朵说，"这些女仔都是附近酒店坐台的小姐，她们挣得轻松舍得吃舍得花大消费群啊！隔壁几幢楼上这样的顾客住着大把的。"

老黑听罢又沿着超市仔仔细细转了一圈。此时店内的电话就响了起来，胡强提起电话，拿起笔哼哼哈哈地记了起来，挂上电话，胡强无可奈何一摊手，"某酒店要送一批酒水去，婚宴上等着用呢。"末了胡强气说，"累啊！才送去的酒又说不够用。老主顾了也得马上送，真累啊！唉！不想了，昨天有位老板出价三十万我说考虑……"

老黑一听不干了，"我都守一整天了，这店你还想转给别人啊？"

胡强一脸无奈说，"哥们，那位老板是我兄弟介绍来的哦！"

老黑就说，"我也是熟人介绍来的啊。这样吧，我多出他一万，这店转给我。"

"这样啊？不好交代呢，虽说他没付订金，但……"老黑一打断话头，"兄弟是个实在人，人家没付订金不能怪你，现在我就先付两万订金，明天交接。"

老黑走后。胡强拨了个电话——"你那边继续攻一攻，介绍费明天可到你手。"

晚上收工，胡强的超市后门陆陆续续有男男女女大包小包地拎烟拎酒拎副食溜了进来。胡强照价付款，笑逐颜开地招呼着，"哥们姐们辛苦了，明天再继续战斗一天。"

西街上又有街长了。

胡伯刚要开口说教，胡强腰杆子一挺：老豆你啰嗦咩？你的养老费我都早赚够给你。

万箭穿心

导读：生活，你也许无法避免苦难，却从不会去拒绝一朵萝卜花的盛开。就冲每份小炒中那朵刀雕的萝卜花，也值得还来的。

门铃响过两下，品茹停下手中的拖把，把湿漉漉的手在围裙上擦擦，习惯性地往猫眼望了望，一股凉气就从后背冒了出来——春草又拎着一大包礼品站在门外。

门刚刚松开一条小缝，春草就踅了进来，她放下礼品，拎起品茹放下的拖把就呼啦呼啦地擦起来。"别，快别，春草你莫动。"品茹大惊，忙伸手过来拦。"不碍事！品茹姐，不碍事的。"春草侧过瘦小的身子躲开品茹伸过来的手，地也擦得更带劲了。品茹叹了口气，走进厨房准备午餐。

最后一道菜上桌时，品茹的丈夫小莫回来了。他看到桌面的礼品，一脸狐疑地望着客厅里忙碌的春草："春草，你这是"

春草搓搓手，讪笑着："小莫哥，你坐，快坐啊！"旁边的品茹闻言苦笑："春草，你坐吧，这是他家呢！"

接过品茹递来的筷子，春草啧啧称赞："品茹姐，你炒菜的水平真棒，瞧这颜色，绿的绿得翠，红的红得艳，餐厅的厨师都不如你。"

"真让你说对了，你品茹姐是祖传的手艺。御厨知道不？她祖爷爷就做这个。要不，我哪能这么壮？"

"小莫，别闹。春草，你那事容我和你小莫哥商量商量，行不？"

"品茹姐，我知道你们也难。这幢楼是你们承包过来做的出租，如果退了押金，空下的店铺你们还得向房东垫铺租。可、可我那生意……员工每天张着嘴都要吃饭，我怕再撑下去，生活都成问题！"春草哽咽着，眼里醮着泪花，颤抖着手拨动碗中的饭粒哽咽了："我的合同没到期，按规矩那笔押金是不能退的！可我实在没法，员工刚又闹开了！"

"这……唉！你这半年也是硬撑，房租断断续续地交。可我就不明白，隔壁胡子美发店天天客人爆满。你的美容店装修也不赖，技师都是你高薪聘的技工，为何就……"

"姐，有句话我也不知当说不当说……"

"都喊我姐，还有什么不能说的？说吧。"

"我找风水师看过，他说咱那铺子……唉！还是不说吧。"春草叹了口气，又开始哽咽。小莫见此停下来，放下筷子，掏出钱包数了数："春草，我明天取给你吧，身上的钱委实不够。"

送走春草，品茹默默地收拾着桌子，小莫铺上纸和笔，在桌面开始写招租。

招租贴上第一天，品茹早早地充足了手机电池，一刻不离地攥在手中。一整天，除了几条移动公司的服务信息，手机静静的。

第二天，手机多了条天气预报，电话倒是响过一次，

守候一株鸢尾

是六合彩打来的，但接电话前，品茹着实激动了一小把。

第三天，手机又响了一次，对方问了问租金，品茹刚说完租金每月 3900 元，对方就挂了电话。可能嫌贵了吧，品茹追打过去几次，对方一次也没接。房东整幢楼承租给她时，给这间铺定的可是 4000 元一个月，可同样的平方，隔壁胡子的租金早涨到每月 5500 元了。

半个月后，品茹搬把椅子，在春草空下的店铺前坐下来了。

店铺在下沙南西街口，隔壁是胡子的美发店；对街是胡越的生活超市，来来往往的人很多；侧边的沙县小吃，胖乎乎的老板娘杏花，一天到晚掂着油腻腻的嫩手忙忙碌碌地找钱收钱。可自己这铺，自三年前建好后承租过来，从药店、服饰店、2 元日杂店、烟酒礼品店等到最后春草的美容店，三年不到转手了八家。

"这铺子看起来不错，我们打个电话问问吧？"一个男声传来，品茹闻听一喜，站起身准备迎。

"别，这铺子风水不好，附近的几条街几条路同时冲着它，风水大师管这叫万箭穿心。听说房子建好到现在才三年，转手都好多家了，而且都是惨亏收场。"旁边的女人拉起男人的衣袖，急急走开了。

"万箭穿心？"品茹苦笑着望了望铺面，她想起春草欲言又止的话。西街行人接踵而过，吃的用的，人人手里大包小包地拎。连在自己店前烤红薯的老李，一天到晚都忙得直冒汗。

"死铺么？"品茹问自己。

晚上，小莫回家，一脸喜悦地冲着厨房嚷："老婆，我看到咱那铺上招租的纸被撕了，租了吧？租出去的价钱还行吗？"

"我撕的。"品茹没动，手握着菜刀，身子伏在案前专注地剔着手中的胡萝卜。

半月后，品茹小炒店开业，生意很旺，很多人说：就冲每份小炒中那朵刀雕的红萝卜花，也值得还来。

难说的事

导读：是恶棍，也是天使。这样的双面脸孔，是该赞？还是该弹？

下沙南的早晨向来都是静悄悄的。这天清早空气中突然传来阵阵忧伤的乐调，整条西街提前热闹了起来。

西街口的榕树下拢着一群人。树下的空地上垫了条破蒲子，一个青年半截腿立在蒲子上，单薄的身子套了件脏兮兮的破衬衫，半截身体在清晨的冷风中微微发抖，膝盖以下仅见裤管！他蜷缩着颇吃力地在地上写字。不断有老人小孩跟着青年身边播放的音乐拢上前。有人眼尖大声念着地上的字："我是四川人，自小父母双亡，出来打工出了车祸，撞断了双腿，肇事司机逃逸后，妻子见欠下巨额的医药费，离我而去……"

"好可怜的孩子！"有老人揉着眼睛直叹惜。

"不会是假的吧？世上的事难说。这年头骗子多着呢！"又有人插口道。

"哪能这么咒自己呢？"老人们听罢不满起来。

"就是，就是。多好的小伙啊！还半截腿了呢！这个假不了的。三块二块的对咱损失不大，帮帮他呗！"

有位老人提议，大娘大婶们立即附和。一会儿工夫，地上的盆子里堆满了零钞。

这日下午，飞机佬闲来无事，也荡到了西街，看到前方围着一大堆老人小孩，立时来了兴趣，三两步就上前。

围观的人群中，有胆怯的看到飞机佬就远远走开了，有胆大的婶子此时怒目瞪了过来。飞机佬吹着口哨，不管不顾地走上前来，拍拍青年的肩膀，嘴一挑，"嗨，哥们，收入不错嘛！"

青年怯怯地瞅着飞机佬，匍匐在地，"大哥，我求些医药费！"

飞机佬又盯着青年看了半天，吊儿郎当地站起身子抬头看了看大榕树，绕着青年左一圈右一圈嘿嘿地笑着。青年低着头，眼角的余光不时地瞟过来，惊惶不安地看着飞机佬。

老人们又看不过："飞机佬，这是可怜人，一天也讨不过百十元的，你可不能作孽呀！"

飞机佬嘿嘿一笑，"我没打算怎么着，看看热闹呗。"

旁边有人小声嘀咕："这茗货没热闹也能看出热闹，准是看中这青年盆中的钱了。"

"笑话，我也来捐钱的。你看，我这就取钱去！"说完，飞机佬真就三两步走到旁边的自动取款机前，眨眼间就捏张百元钞过来，"兄弟，看在大娘婶子们的面上，我也给你十元，你找九十，哥们还得拿这余钱吃饭去哩！"青年眼睛紧盯着飞机佬手中的钞票，怯怯地看了看飞机佬，又看了看众人。"要不要？我飞机佬也是有良心的，这是刚取的钱！不要我就走了，一会你们不要再说我作孽啊。"说罢就要装钱进口袋。

"呸，我就知这小子不安好心。"

"是他不要，这本不赖我。"飞机佬嘻嘻笑着说。

"我找，我这就找钱。"青年忙递过九十元，飞机佬递过百元钞并接了散钱，向人群外走去。人群这时又响起了喳喳声。

"今日是么日子？这小子不闹事，反倒在这发善心哩！"

"这世上的事难说的。这青年也可怜，他也动了恻隐之心呗。"

"嘿，真难说的。不会是假钱吧？！看看，快看看。"有人真就接过钱，反复看了看，"真像假钱呢，纸这么薄，白糊糊的水印也不清！"青年脸上立时难看起来。

"我不敢说，我刚也在自动取款机旁，没看到飞机佬取钱。"

"对，假钱，一定是假的。这飞机佬成天就知道作孽。"

"啧啧……可怜这残疾后生！讨了一天的钱都让飞机佬给骗了！"有人在不停抱怨。青年脸上越来越阴，牙咬得恨恨的："妈的，真不人道，我站一天容易吗？"说完一跃而起，站直身子对着飞机佬离开的方向怒骂。

"啊……"人群陡地发出一阵阵愤慨——那布垫下是个汽车轮胎，轮胎下露出了下水道口，下水道盖此时已不见了影子！

"这不是下水道吗？"

"是啊，榕树下明明就是下水道口嘛！"

"我刚就想说这下水道盖怎么不见了……"

七嘴八舌的议论又响了起来。

守候一株鸢尾

对　手

　　导读：既是对手，也是朋友。商场的事，商战解决；情义上的亏欠，情感来还。是汉子，更是爷们。而四月的风，却是那飞行的翼，是那奔跑的轮。

　　四月的风原该是撩拨人心的惬意，可我却如置身在火海上。下沙南七号，我正欲开业的超市让人夜里砸了招牌。

　　当我还在和装修工忙碌地修葺招牌时，美花披头散发地来找我——蛋蛋不见了！

　　第一反应我又想到了老海！

　　我和老海，是最先一批随着大来哥跑来深圳开连锁超市的咸宁人。当我历尽周折在塘尾打下一片宽阔的天空后，老海在下沙南也成了零售之王。随后我俩各自成家立业，很快都有了房，有了车。

　　我在塘尾的三分店开业那年，妻子美花为我生下了儿子蛋蛋。如果生活能一直这么顺利地走下去，我绝对不会故意在老海的心坎上插枪——在他对面开了一家同样规模的超市。至于老海，他也不会暗底里找人砸坏我的超市招牌；当然，我的蛋蛋就更不会失踪了！

　　也不知几时起，我爱和塘尾商会的几位会员一起上百家乐玩。在百家乐这种有名的地下赌庄，蝴蝶般飞舞的钞票，让我流连忘返。当三家分店从我指缝中哗啦啦流出去后，美花歇斯底里的吼哭转成了一天天呆滞无神的目光望着我，最后混着蛋蛋无声的泪水却倏地把我惊醒，醒来的第一件事，我突然记起有人很多次明里暗里嗤笑我：孬种！孬种啊！

那个曾经与我共患难的兄弟老海也在人前人后笑我是孬种！

美花凌乱着头发，随着我一齐翻遍了整个下沙南，还是找不到蛋蛋的影子。我抬头望着刚刚修葺好的招牌，提起装修用的电锯向对面老海的总店走去。

阿英看到我手中提的电锯，冷冷地道了声："想做什么，欢迎自便！"然后自顾自地忙她的，我问她老海去了哪里，她却把我和我的话当成空气，连面对我呼吸都吝惜。当我流着眼泪忍不着高吼一声："蛋蛋不见了！"她一怔，随即急急地丢下手中整理的货物，急急地掏出手机拨号，手机在耳边响了好一阵的忙音，那边应该无人接听，她焦急地说："老海中午回来过，在店门口闷坐了一小会，随后发疯似的开车跑了。"

黄昏时，我和美花、阿英三人找遍了所有能找的地方。直到派出所打来电话通知我到医院，我哆嗦着，车钥匙半天都没法插进去锁孔，最后还是阿英开车把我送到医院。

急诊室外，蛋蛋紧紧搂着老海。一看到我转而大哭，他这一哭，倒让我松了口气。民警指着输液的老海对我说："真不知你这家长是怎么做的，孩子丢了也不知道！幸好是孩子的叔叔路过车站撞上他们上车，随后开车追了好远才撵上，否则你儿子现在已被人贩子带到瓜哇国分钱去了。可是，孩子的叔叔却被扎伤了！"

在蔡老六的牛杂店，我强行拉下了老海。这家店，曾经留下了我和老海初来深圳时的很多回忆，看着牛杂店内熟悉的摆设，我的鼻子倏地发酸，如果此时老海开口，我愿意从此撤出下沙南，哪怕我会因此身负巨债！

守候一株鸢尾

　　但老海不理我，一杯接着一杯地喝他的青岛啤酒。这个时候，我发现夫妻间的共同点真的挺多，比如这时的老海，比如下午店中沉默的阿英。

　　看着老海不理我，只得跟着一杯接一杯的啤酒往口中倒。

　　到蔡老六快打烊的时候，地上已是东倒西歪一地的空啤酒瓶，老海跌跌撞撞站起来，扔了一句："蛋蛋是我侄儿，救他，是我的责任！无需你来谢我。招牌是我找人砸的，是你不道义在我对面开店在先。如果不想承认自己是孬种，你——生意上赢了我！"说完，他丢下同样醉醺醺的我，自己走上了出租车。

　　我花了整一夜的时间制订了一份计划书。其实在老海砸我招牌的第二天，美花在给服务员上完培训课后，曾经建议过我去当地电视台做做广告，此时我认同。说到底男人的自尊心太软弱，任何人可以小看我，但老海不能！

　　开业那天，虽没有我预期中的接踵摩肩，但进进出出购买的顾客很多，看来电视台连日打出的广告产生了不错的效果。

　　让我意外的倒是对面的老海，没有我想象中的门可罗雀，一天中进进出出的客人反倒比我这边还多，美花出门打听了一圈后递给我一纸传单："唉，超市升级装修，酬邻全场商品五折起清，凭单消费折中有礼！看吧，这是老海派人挨家挨户给住户派的传单。"

　　我看过传单一眼就懵了——嗨，这个老海，他所有的商品价格刚好比我超市低了两个百分点！

　　按常理，我似乎应该浑身发冷，可那四月的风啊，却撩得人劲头十足。

拐　爷

导读：有诗曰，夕阳无限好，只是近黄昏。有歌曰，最美不过夕阳红，温馨又从容。怎样度过生命的晚年，给人生最精彩的休止符？但看人家拐爷。

拐爷不拐，60 岁那年从厂里退下来了。

退下来的第一天，做了多年劳模的拐爷扣掉闹钟，关上手机，一觉睡到自然醒。起床后慢悠悠地吃过拐娘蒸的花糕，摇着蒲扇，一路小步哼着曲儿去了下沙南花鸟市场，回来时手里拎着一只欢蹦乱跳的画眉鸟。

哪知三天不到，拿了大半辈子铁钳扳手的拐爷，就对着空荡荡的鸟笼发呆。

鸟儿养死后，闲下几天后的拐爷浑身骨头似散了架般难受。隔壁同样退休的炳叔见此，很热情地约拐爷去小区棋牌室，拐爷临老学艺，大半生研究模具的脑袋瓜子，看到那条是条，圈是圈的麻将方坨直犯晕。

直此后拐爷对拐娘说：老伴儿，你侍候了我大半辈子的吃食，我还是跟着你学做饭稳妥。学好了，换着我来侍候你。拐娘一听，眼睛立时就笑成了月牙儿，把菜篓围裙一股脑儿地往拐爷怀中一塞，看她喜欢的粤剧去了。

连着几日，拐爷一大早起床就往菜市跑，萝卜白菜，土豆青瓜，见什么就买，买了一大菜篓子，回到家对着菜谱童心大发，见什么搭什么，萝卜炖青瓜，白菜炒土豆，混炒端上桌就是一大锅，吃半盘倒半盆，气得拐娘拿起筷子就犯牙痛，到后来，多好的粤剧也抢不走拐娘的菜篓和围裙了，拐爷一下子又成了闲人。

小区不远就是百乐福大型购物中心。听炳叔说，超市内常有促销商品，价廉物美。拐爷就想：既然家务活插不上手，那就包揽家中的采购吧。

百乐福虽在家附近，拐爷工作时，偶尔也会陪着拐娘购物，但每次都是买完东西匆忙返回。今天一番闲逛，才发现这超市五花八门的名堂还真多，吃的用的穿的看得人眼花缭乱，楼上楼下一圈逛下来，拐爷的腿都感觉乏力。看到好多的客人推着购物小车到处转，拐爷也拉过一辆，边推边看，转累了，两手就扶在购物车上歇歇，那购物车又成了拐爷的拐棍。偶尔地若碰到可心的，也放一两件物品进购物车，到拐娘的饭菜差不多香了，手机响起来后，拐爷把购物车中的物品仔细放回原地，把购物车摆整齐，反剪着双手阔步返回家。

日子在购物车的支撑下，拐爷的退休生活也有了滋味。食品区逛逛，化妆品专柜衣鞋区转转，有时他也会留意购买东西的顾客，年轻人会喜欢买些什么，老年人又会喜欢些什么。拐爷也常坐在休息区看着来来往往走动的顾客，猜想着穿着得体的同龄老伙计，那身衣服他穿该又如何？

这天和以往一样，拐爷转了几个柜台后，无意识地跟着一个小青年从清洁用品区走到了食品区，走着走着，拐爷就感觉不对劲了，前面的小青年总是走走停停，不时地还会偷偷回头看拐爷。拐爷的感觉就愈发不对，赶忙和前方小青年拉开距离，在后面悄悄侧身跟望。可这一跟不打紧，后边不远处，又跟上了一个小青年，后到的小青年跟在拐爷身后，拐爷走他走，拐爷停他也停，一步不落。

前后夹攻？超市抢劫？不能吧，拐爷的口袋一向搁不了几个钱。

正想着，却瞄见后跟他的小青年和柜台的导购在窃窃私语，不时地，还对着他的方向指指点点，这情节不像似电视中的抢劫剧情啊！瞧那导购看他的那眼神，眼神儿……拐爷突地一惊，脸立时涨得通红，原是几个孩子把他当贼了！可也不对啊，前面那小青年刚刚……

拐爷一急，三两步冲上前，一把扯着前面小青年的外衣，小青年急身欲退，可拐爷的手已撕开了小青年的外衣扣，"哗"地一下，衣服内的巧克力、洗头水之类的货品就噼啪掉落出来，拐爷那双大手铁钳般就架上了那小青年双膀，惊得后边那个跟踪拐爷的防损员小莫目瞪口呆。

自此后，拐爷还是习惯地去超市，只是那个叫小莫的超市防损员，大老远看到拐爷，会仔细地找一辆最新最牢固的购物车摆在最前边等，拐爷每每笑着致谢后，推着崭新的购物车，边推边转，从调味食品区到饼干副食品区，转了一圈后，又从水果凉菜区转到床上用品区。哪个柜台有新品种，原产在哪，生产厂地在哪，什么货品受哪类人群的欢迎，拐爷清清楚楚。

至于那些想在超市中混水摸鱼的人，拐爷那双铁钳般的大手候着呢！

第五辑　无人等待

这是一组当今社会乱象的微缩图，

这是一组浪漫主义手法的精彩叙述。

浪漫主义的作品构思瑰丽奇诡，色彩斑斓，

浪漫主义的手法运用让想象和幻想飞得高远独处。

会拉犁的土狗缘何被遗弃悲哀无辜，

会说话的鹦鹉也逃脱不了人类的贪婪嫉妒，

现实中的号码可以删除，

删除不掉的是比肉体更绝望的精神孤独；

遮风护土的红柳抵不住金钱的残酷，

风情已逝唯兰亭序芳香千古；

在童话世界里逼视现实的衣钵，

在成人寓言中倾诉现实的喜怒哀乐苦。

细细品读，浪漫主义色彩下的现实作品，

慢慢咀嚼作者浪漫主义包裹着的直视现实的理想光束。

——刘建超（河南洛阳）

会说话的鹦鹉

导读：你，为什么还沉浸在别人的喜怒哀乐里默默流泪，继续自己遥遥无期的等待……

我说的故事缘于一场鹦鹉的婚礼。

花鸟店的老板打电话来通知，我订制的婚庆用品到货了，我那会正沉湎在电影剧情中哈哈大笑。

是的，我喜欢看电影，一部电影就是一段人生，我可以一整天一部连一部地看。为了方便，除开通会员线上电影，我还是数家地下影网的忠实影迷。

花鸟店的老板同时经营了花草与鸟类。哦，我忘了告诉你，我还喜欢养花养草养金鱼。自从买下这套房子后，我精心设计的阳台上满满都是花草，我给它们浇水，施肥，但还是养一茬，死一茬。我还是固执地再买，再养。当我提出要在店里为鹦鹉举办一场婚礼时，店主人一口应允了。

我选了一个黄道吉日，为一只叫翠翠的母鹦鹉穿上了我所喜欢款式的白婚纱，为一只红尾的公鹦鹉穿上了黑色的燕尾服。当店主人帮红尾给翠翠的小脚套上戒指时，我心中满满都是幸福感。我还特意挑了一只做工相当精致的金属鸟笼，当作它们的新婚贺礼。

这对新婚房客的到来，使我的目光慢慢从电脑屏幕转向了鸟笼。第一天，鸟笼的横梁上，不是翠翠扬着尾巴跳叫着追逐红尾，直到把红尾撵至笼角才罢休，就是红尾整个身子霸着鸟粮盒，不让翠翠近身半点。

我焦灼的心随着嘀答嘀答的钟声一起，陪它俩度过

守候一株鸢尾

了漫长的一天婚姻磨合期。

第二天，翠翠再撵赶红尾时，红尾不再是扑腾着翅膀，它伸出红红的喙舔吻翠翠的身子，低头用脖子掌翠翠的肚子，这样转变的结果，是它们双双站在食盒边，把鸟粮啄得像溪流般往外淌。

跟我一样被吸引的还有三年级的儿子，这对新来的房客让他开心极了，一放学他就趴在鸟笼边，叽叽喳喳地与鸟儿说话。他问我：妈妈，鹦鹉能说话的对吗？

我答：是的。

儿子拍着小手叫：我要给爸爸打电话，他知道了一定会开心！

我开始有意识地教翠翠喊"老公"，教红尾喊"老婆"。我教的时候，它俩都不理我，彼此望着对方，目光紧紧地纠缠在一起，不时伸出红红的喙，轻轻在对方颈脖上摩挲，这时的翠翠，把一脸娇羞地头轻轻地放在红尾的脊背上，任我的嘴唇一张一合地说个不停。

它们的恩爱让我感到酸溜溜的，说不清是嫉妒，还是恶作剧，我拿起一截小棍，把翠翠倚在红尾颈上的头拔开，翠翠被我突来的动作惊得飞了起来。红尾不满地扑打着翅膀，朝我尖叫起来，叫完飞向站在底垫的翠翠身边，伸出自己的喙轻轻为翠翠梳理它凌乱的冠毛。

红尾的这个举动彻底惹恼了我。亲手筹办一场婚礼，是多年的梦想，它们的一切拜我所赐，怎么可以把我视作透明，如此在我跟前大秀恩爱？

我伸手进笼子里一把捉住翠翠，把它的小身子倒扣在鸟笼的底座里。

一阵急促的尖锐的叫声响起，红尾扬着红尾巴叫"老婆，老婆"，翠翠小小的身子夹在鸟笼的底垫上，脚拼命抓蹬，爪子上的戒指沁出一缕缕血丝，只是扑腾几下后，翠翠不动了。

红尾拍打着翅膀在笼子里跳来跳去，又伸出红红的喙吻翠翠的羽毛，后抬头望着我，目光冷冷的。

儿子提议，妈妈，再给红尾找只伴吧？我怕它会死。

我问，你怎么知道会死？

他说，我看了书，单只的鸟儿会孤独地死去。

我不信。对红尾照顾得更精心了，陪它说话，给它唱歌，让我意外的是，它不再像从前那样乖乖地望着我，听我的说话。它叽叽喳喳乱跳乱叫，有时一整天一言不发，更没再喊过一声"老婆"。我伸过去的鸟粮，常被它粗暴地用爪子泼洒一地。

红尾是在一个黄昏时分走的，它僵冷的小身子躺在精致的鸟笼里，红色的尾巴夹进笼子的底座下——那是翠翠离去的姿势。

儿子一脸哀伤，他哭着闹着找我要鹦鹉：爸爸在电话里答应过我，鹦鹉会说话的时候，他就不走了！

我不能告诉九岁儿子，他的爸爸，同时也是另一个十五岁女孩的父亲！

我还在一部接一部地看电影，沉浸在别人的喜怒哀乐里默默流泪，然后每月去街角的银行，取回我们母子的高额生活费，继续着，遥遥无期的等待……

会耕地的土狗

导读：牛会耕田，毫不奇怪。狗会耕地，你奇怪么？这只土狗偶然的一次耕地后，命运发生了怎样的变化？

守候一株鸢尾

都知道牛能耕田，可你见过会耕地的狗吗？邻居说小茜家那只纯黑色的土狗就会。

牛一天耕地一亩，小茜家的狗一天也能耕地一亩！初听邻居说此事，我压根不信。我见过小茜家的土狗，很普通的一只土狗，唯一特别的只是体形比一般的狗稍大些。

我也见过小茜那孱弱的爸爸，他也没有特别的训狗术。大多时候，他的手指夹着一支劣质烟，病快快地倚在她家的木门上，木门上的漆一片片开始剥落，每烟雾弥漫的吸吮过后，她爸剧烈咳嗽就会响起，伴随咳嗽的，是那手一戳就扑簌簌掉落的红漆。

邻居说小茜那天带着土狗去找她爸，好好的天突然下了场雨，她爸钻进田埂边的草棚里躲雨，两支劣质烟过后，倒在草棚里睡着了。小茜童心大发，和着狗在雨中疯闹。当她爸雨停醒来后，就看见奇怪的一幕——牛不知去了哪，那只家养的土狗，此时似位训练有素的老农，肩架着耙犁，逢弯转角，逢路直行，垅坂间翻起白花花的泥浆，周围只听得一片犁耙水响之声。

土狗会耕地的消息传出来后，很多人放下自家的耕牛，不惜高价来小茜家雇请她爸牵狗去耕地，或是花钱来亲睹土狗耕地。仅一个月，她爸手中的劣质烟就换成了过滤嘴香烟，那扇色泽暗淡的木门换成了不锈钢防盗门。

土狗很快成为这个家庭的真正成员，它可以坐在桌上吃饭，任意舔盘中的每道菜，全家人集体性失忆，忘记了这是一只土狗。

小茜爱极了这只陪同她一起长大的土狗。在土狗每天耕种回来后，绕着它疯玩，任其嘴巴轻咬她的小手，撕扯她的裤脚，土狗摇动着它那沾满泥灰的尾巴时，常甩得小茜一身污泥。小茜她爸这时通常在笑，笑土狗，也笑小茜。笑完后先帮土狗洗去一身的泥水，帮土狗梳理它那黑绸缎般的狗毛。抚摸土狗的头时，小茜她爸一遍一遍，仿佛在为远行的孩子理顺衣领。做完这些，才帮小茜洗去一身的泥水。

土狗会耕种的消息成了山野的风，吹向城市乡村的每个角落。当地电视台派出专人采访。

听说能上电视，小茜她爸提前做了准备，置办了新衣，为狗量身订制新的犁耙。专访日，小茜她爸早早穿上新衣，为狗套好新犁套，只等电视台的摄影机对向他时，牵狗耕地。

摄影师喊了声开始后，小茜她爸牵着土狗往前走，土狗和平时一样，一步，两步，当周围一片热烈的掌声之后，土狗突然停下来，不走了。她爸拉动圈在土狗脖子上的绳套，土狗不动，死死顶着前腿站在泥土中，口中发出痛苦的呜咽。旁边有人说：狗是不是被新犁耙夹伤了？小茜她爸附下身查看，一会站起身应道：无碍，没见有伤痕啊！我们继续拍电视吧！边拉动圈在土狗脖子上的绳套边骂：你这只好吃懒做的瘟狗！狗还是不动。那天的专访最后只得以失败告终。小茜她爸企图牵狗上电视的梦也因土狗的怠惰而破灭。

晚上，沾着一身泥灰的土狗爬上桌前刚坐好，小茜她爸生气了，手中的碗狠狠砸在狗嘴上。土狗溢着血流的嘴夹着尾巴走向屋外，灰头土脸萎在院门口的小树下。

小茜她爸吃完饭扛着为土狗量身订制的新犁耙，把绳套挂在土狗脖子上，很多人一早付款只为看土狗耕地，落下一天，会让他损失不少。土狗趴在地上，眼睛望着为它量身订制的新犁耙上呜咽，小茜她爸手中的棒子落在土狗的腿上，土狗始终萎着头，拖着后腿动也不动，一次又一次，小茜她爸只好作罢，任土狗窝在小茜每天放学路过的小树下。

看见小茜，土狗慢慢挣扎着站起来，迎上前偎在小茜的脚边，伸出它长长的舌头，和以往一样舔着主人的裤管，又用嘴吻了吻小茜的手，小茜刚伸出手抱土狗，一旁的爸爸喝道：小茜你过来，别理这只会偷懒的瘟狗。接着又来拉小茜：这只瘟狗，让我在十里八乡面前丢尽了脸！

它似乎听到了，也似乎懂了，抬头委屈地望向小茜，继续向小主人依偎过来。小茜摔开手：走开！土狗在小茜背后呜咽地又叫了两声。小茜抬脚狠狠地一脚踢开土狗：你这只懒狗！说完，头也不回地随爸爸走向屋内。

土狗在屋外呜咽地叫，它痉挛的脊背，拖着受伤的后腿，一次次挣扎着想爬起来，又重重地跌了下去，它望着为它量身订制的新犁耙，又舔了舔被新犁耙崴伤的后腿，挣扎着像一个回家奔丧的游子爬向那扇紧合的不锈钢防盗门。

我的邻居说到这里，重重地对我叹了口气：我看到那只狗啊，眼里满是泪水！

菩萨树

导读：这世间，何止红柳？每一棵树，都是咱老百姓心中的菩萨！

第五辑　无人等待

印度河上游是一片荒凉的戈壁滩，在中印交界的皱褶里，长着一大片茂密的红柳，它们绿色的枝叶长在暗红色的枝条上，根牢牢地触入地底固起一座座沙丘，挡着了戈壁滩吹来的风沙。多吉所在的铁路施建队也坐落在这片荒凉的戈壁滩上。

多吉进来的时候，洛桑佝着腰，坐在低矮的石屋前整理脚下的红柳枝。多吉是来拿火药的，早上多吉去红柳滩的时候，火药遗落在洛桑的家门口。

他们施建队的燃柴严重匮乏，做饭或者取暖都靠红柳根。可红柳庞大的根须逶迤在沙里，工人需要费很大的劲才能挖开一丛柳根，有人想到了用火药炸开它。

多吉在屋里找了一圈，空着手站在洛桑跟前。

"阿玛拉，火药放在哪？"

洛桑摇摇头，掩了掩裙襟，挺直身对着多吉，像一棵树，干槁的眼窝，似红柳掏空后留下的一凹沙窝。

多吉没说话，低头站在石头屋前，眼睛却死死盯着洛桑屁股下的坐垫。

洛桑再次挺直身掩了掩裙襟，对多吉摇了摇头。

红柳滩上传来"轰"的一声巨响，洛桑的身体猛一颤，露出了裙子底下的火药，手里捧着的红柳枝散落一地——红柳的嫩枝，能治她的风湿骨痛，红柳深扎的根须能护着脚下的水土，红柳是她心中的树菩萨！

多吉看着洛桑那惊恐的眼神，感觉有滚滚的风沙扑面而来。

兰亭序述

导读：我是书圣王羲之的《兰亭序》，我被称为天下第一行书，我被唐太宗召进宫后，目睹了一代女皇的情和爱，你想听我叙述么？

永和九年，三月之初，故主人王羲之与谢孙绰等四十一人，在兰亭相聚修禊求福，会上各人聚诗成集。故主人王羲之乘兴写下了行书手稿序文，描写兰亭周围山水之美和众人聚会的欢乐之情，抒发好景不长，生死无常的感慨……

之后很多年，我被王家视为传家宝。七世后，我在一家寺院有过短暂的停留，不久被人献给了当朝天子——唐太宗，并被他捧为天下第一行书，对着我天天研读、临摹。每在此时，我会看到伴驾君侧的那位磨墨女子，我看到一双清澈明亮的眼睛对着我笑，我喜欢看这个被太宗唤作媚娘的贴身侍女笑，那双藏在碧潭中的两汪清泉，常常让我忆起我的故乡兰亭之草木，她的笑容里，也承载了我所有的思乡之情。

我以为所有的美好会一直停留。贞观二十年，唐太宗突然病倒，召太子李治入室侍奉。其间很长一段时间，我被太宗时放在床头，时枕在头下。只有在每次端汤送药时，我才能见到媚娘，看到细心侍奉完毕的媚娘对我一笑，虽是浅浅，却让终日身受汤药熏煮中的我倍感欣慰。

直到一天，我注意到一双深情的眼睛直视着媚娘，媚娘对我浅浅一笑，也多了丝羞赧。在一天深夜，我被这双眼睛的主人李治轻轻抱起，把我放进了媚娘的手中。灯光闪烁，媚娘羞答答的双手被捉在李治手心，对我临摹。虽然远离了那些涩苦的汤药，我欢呼雀跃，但我却也心忧，我知道媚娘虽为贴身女侍卫，却也曾被受封为太宗才人，虽然有名无实，但与李治间，名义上却还是母子，这母子相恋，如何是好？

我担心的事情还是来了。贞观二十年，缠绵于病榻整整三年的唐太宗病入膏肓，在弥留之际，我听到他把侍候身边多年的媚娘叫到床前，他看了看李治，又望了望媚娘。此刻我心急如焚，太宗的心声我如何不懂？我多么不希望太宗说出那句：媚娘，陪葬吧！

让我没想到的是，跪在床前的媚娘却开口了："我从小侍候圣驾，若是陛下他日离去，媚娘愿随行侍候……"一旁的李治听罢大惊，手中的茶炉碎落在地，急身扑跪在床前："父皇，不能啊！媚娘多年侍候，功不可没，不该如此啊……"泪，如泉而涌。

太宗看着跪在床下泪眼婆娑的两人，一声长叹：孽缘啊！

贞观二十三年，媚娘在太宗灵前跪别，一袭白衫朝感业寺而去。李治带着我策马追赶，我落入媚娘手中之时，李治的声音响起："媚娘等我，孝满我定来接你！苍天在上，兰亭序为证！"

一头青丝落下，我再也见不到媚娘的笑。而我，被媚娘精心裹着，放在枕下。只有在夜深人静时，我才听到媚娘抚着我细细泣语：看朱成碧思纷纷，憔悴支离为忆君。不信比来常下泪，开箱验取石榴裙……

世人评说我为灵性之物，尽管我一直缄口，但我仍不得不认，媚娘的一次次泣语，让我数度动容，我唯夜里出现在李治梦中。太宗周年忌日，李治应诺来感业寺

守候一株鸢尾

时，与媚娘见面两人双双潸然泪下。而我之后，也见证了李治对媚娘蓄发回宫的诺言。

媚娘回宫，常与李治对着我临摹、研读。琴瑟在御，莫不静好，让我有时也对李治暗生妒意。不久因媚娘为人贤良淑德，被封为后。此后一心辅助李治，为唐初经济繁荣和发展，为开元盛世打下了良好基础。

李治晚年，染上风疾，一度因此眼睛失明，遍请名医后治好。媚娘抚着李治双眼喜极而泣，亲自背着几十斤重的绸缎送到侍医秦鸣鹤家中。几年后，李治风疾再次发作，终撒下媚娘而去。孤独数年后，媚娘老了，疲惫的身躯唯留下一纸遭后人唾骂的圣旨：打开乾陵，只想和君合葬！在一个冬日的午后，媚娘静静地闭上了她的眼睛，带着我，安详地躺在李治身边。

铁水挡去了乾陵外最后一丝喧闹，媚娘在黑暗中久久沉睡，唯有躺在铁盒里面的我，墨迹如新，记忆依旧。

一碗热牛奶

导读：这是一碗罕见的热牛奶，这是世间最美味的热牛奶，这是一碗找遍天下的奶牛场都找不到的热牛奶，这碗热牛奶，意味深长……

郑源站在医院门口，手中攥着那张写有地址的字条，长长地松了口气。

返回病室，看着病床上骨瘦如柴的父亲，他眼角阵阵酸涩。俯身上前轻握着父亲的手，心中一遍一遍默喊着：爸，我打听到徐福大伯了，这次一定让你如愿。

父亲一生命运多舛。出生后不久，祖父母就相继离开。年轻时劳碌奔波落下一身的病，特别是胃病！

今年春上，父亲的胃疼再次发作，医院检查后，主治医生悄悄把他拉到一旁：老人不行了，家属只有力尽人事了！

郑源泪流满面，透过门缝望向病榻上的老父。侧身擦去泪水，又是一脸笑容地出现在父亲床前。父子说说笑笑着谈起往事。其间，父亲打趣着感叹，很想喝一碗当年的热牛奶。

父亲说，20多年前的浦东啊，曾流传着这么一句老话——宁要浦西一张床，不要浦东一间房。想当年啊，那浦西就是上海，而浦东呢，只不过是外滩的一片农田菜地。上海政府组建浦东新区商务委员会那年，任他为书记。有天深夜，他胃疼发作倒在路边，一个叫徐福的老伯救了他。把他背回了家后，端上一碗热牛奶喂了他。父亲说到此时羞赧地笑说，那碗热牛奶啊！当时不仅止住了他要命的胃疼，而且啊，特好喝！

郑源走过华灯璀璨的浦东街头，越过摩肩接踵的行人，穿梭在各大超市中，邻郊大大小小的奶牛场也遍布着他的足迹。可每次他煮好的热牛奶端上来时，父亲喝上一口后就皱眉摇头叹息：真不是那个味哩！当年徐福大哥家那奶牛下的那个奶很香很醇！然后又自言自语地叹说，你说，那是什么品种的奶牛呢？

七拐八拐的找寻。A座704室。徐福老伯的家到了。

按铃，一个五十左右的中年女人开门。郑源说他找一位叫徐福的老伯。女人做完自我介绍后黯然说，我公公在前春过世了！

郑源听后脸色戚然。沉默片刻后问，那，大嫂，还能记起二十二前您家养的奶牛是什么品种吗？

守候一株鸢尾

　　奶牛？中年妇女诧异说，我都嫁来徐家快三十年了，没见养过奶牛哩。

　　郑源问，您一定是季云大嫂吧？

　　大嫂点了点头。

　　父亲说，当年徐伯喂他喝下那碗热牛奶时，大嫂您也在场。

　　季云听完，手一晃，水从手中的水杯洒了出来，脸色也突地不自然了起来：你父亲是商务会的郑书记吧？

　　郑源点了点头说，我父亲常常念叨着您公公曾救过他，并喂他喝过一碗热牛奶。今年父亲的胃疼再次发作，医院检查后说是胃癌晚期！现在父亲时日不多，我就想尽点孝心圆父亲一个愿望，让他能喝到当年的热牛奶，但跑了好多奶牛场，父亲都说不是那味！郑源哽咽着喉咙开始抹泪。

　　胃癌晚期？！季云一惊，水杯跌落在地。

　　你父亲真是个好人啊！记得刚开发浦东时，上海招商引资困难。各地想发展只能地方自己拉项目！但同一个项目各城市都打破脑壳在抢。当时你父亲是浦东商务会的书记。因为浦东的发展要招商，招商好后又动员大伙儿迁移。想我这房子啊，还是郑书当年帮忙申办的政府补助房。

　　郑源扶过季云大嫂坐好后说，那些都是父亲工作该做的。现在他老人家已时日不多，我呢，只想尽点儿孝心，请大嫂请带我找到当年下奶的那奶牛品种吧！让他能再喝上当年的热牛奶。

　　季云此时眼含泪花，羞赧地低下通红的脸说，那天深夜，公公回家时发现有人倒在我家门口，走近后认出是你父亲。就赶紧把他背进了屋。可当时在深夜，我们那时家境也困难，家中……刚好我生下女儿在坐月子，所以……

优越症

导读：不分场合地自以为是，不分场合地展现自己的优越，会带来什么后果？

杨小安大学毕业后分来我们单位，长相有几分帅气，生得斯斯文文，人嘛，看上去也挺随和的。用大家的话说：品德上虽然说不上多么优良，但也拥有耶稣一样帮助众人洗脱罪恶的优良心态。

单位办公室到洗手间的转角处有棵盆栽，总有那么几个毛毛躁躁的男同事，进出大大咧咧地洒下那么一两粒烟灰在叶片上。杨小安呢，总会及时上前和肇事者谈心，话题开始从支持环保起讲，然后过渡到做人的高度，滔滔不绝，到了最后，羞得肇事者恨不得找地缝钻上去。

不过，话说回来，单位有个这样的人也是好事，我们这些女同事开始学着温柔不少，走路轻盈了不少，也有了些淑女风范。当然，最主要是怕不小心制造了不该有的声音，会被杨小安解释成制造声音污染，不懂环保，不为子孙万代留造福。

就这么一个人，突地有一天，我被同事牵线和他走上了约会之路。对杨小安，我不反感，他平时虽然有些八婆性格，但我更愿意把这归为男人心思缜密，何况人家工作上的业务能力确是蛮强，就抱着试试相处的心态约会了几次。一些日子后，感觉还行，但有些事情总让我很困惑。

每次吃饭，都是他选餐厅，他点菜，他综合评分。当然，我也懒得费心去点菜。

他对每道食物的品味见解自喻是一流的。比如说吧，

守候一株鸢尾

我这人自小不爱面条和羊肉，在我的味觉里，有关面条和羊肉的味道是空白的。不吃面条纯粹是反感，我恶心面条中那种腻歪的味道。至于不吃羊的原因可能要复杂一点，一般我总是以属羊之由来搪塞各种发问。但这不是根本的，根本原因是我怜爱它。我认为，众动物中羊是最让人怜惜的，它安静，温顺，善良，不烦人，也不伤害人。我是一个心软的人，尽管我知道它的肉色香美，但实在是无勇气去食用它。

杨小安会在我跟前不遗余力地游说："你就是挑食。面条多有韧劲啊！软软的，入口香滑，你看我……"他对向我，把面条吸得滋滋作响。又说："面条易消化，对调节肠胃功能也是最好不过的，你这挑食可不好，难怪肠胃差，你看我……"他对向我打着饱嗝，抚着肚子，又把自已的胸膛拍得呱呱作响。

"这羊排外脆里酥，羊肉香嫩可口，这羊肉汤温和滑口，是进补的最佳食品。你看我，不像你一般挑食，所以身体倍儿棒……"末了，他又把话题转到挑食上，继续教育我，"你这样挑食可不行，很容易会患者上高血压、糖尿病、心血管疾病……"

可口味这东西，真不是讲讲道理就能改变的。好在，这没有影响到我们的关系。我把这些全当作是他对我的关爱在妈妈跟前大肆显摆了一番。听了几次，我妈说："让我见见杨小安吧！"

那天我妈特意起了一个大早，把家中里里外外都打扫收拾了一遍。随后拉着我爸一起到菜市场买了很多菜，听说杨小安喜欢面食，还准备上了她的拿手绝活——煎饺子。

我带着大包小包拎满礼物的杨小安走进家门时，我妈正在和面擀饺子皮。旁边有一盆剁好的饺子馅。

　　杨小安放下礼物，很热情地跟我爸打过招呼后，又到我妈跟前献殷勤说："阿姨，擀饺子皮啊？累了吧？"妈妈眉开眼笑，连连招呼杨小安坐。"阿姨，为什么不上街买呢？机器擀的饺子皮多好啊，又均又薄，还省力省时。"我妈一怔，脸色当时很不自然。好在我爸笑着接口打圆场说："你阿姨擀的饺子皮又均又薄，比机器切的更有韧劲哦！一会你尝尝就知道了。"

　　看我妈在那儿默默不语地擀皮子，杨小安挽上袖子主动上去帮忙包。包完一个，他看我妈一次，见我妈脸色缓和下来，举起饺子给我妈看："看看，阿姨，我包的饺子怎么样？大方美观吧？浑圆饱满吧？"我妈点头，脸上也有了微笑。杨小安又继续包了几个，指着我妈刚放在盘子中的饺子说："阿姨，您这个，扁了。您这个，右边瘪了，呵呵……"我妈的手又一次怔在半空，和面剁馅忙碌了大半上午，被杨小安这一指戳立即面红耳赤。

　　吃完午饭后，我妈拉我进内房，哭着跟我说："二丫，我发誓：作为一个良家妇女，我包的水饺无论在外观和口感上，都绝对在良好的范畴内。"我点头称是，的确，我妈做了20多年家庭主妇，在煮食方面，水平绝对是众口相赞的。

　　抹了一把眼泪，我妈又说："还有，刚刚你不在的时候，他怎么能在我和你爸跟前说你这不是那不是啊？"我一时语塞，杨小安一早跟我保证过，不会在我爸妈跟前说人不是的。

　　一阵沉默后，我妈问："你知道这叫什么吗？"

　　"叫什么？"

　　"优越症！"

　　优越症？我倒是第一次听过。但有一点我是不是得告诉我妈——杨小安是我们公司董事长的独生子。

广场舞者

导读：尽情地舞起来，跳出时代的气息，跳出年轻的心态，跳出美好的生活，跳出心中的爱。

如一只只展翅的大鹏，似一尾尾灵巧的雨燕，伴着轻快明朗的舞曲，她们时而伸臂，时而抬脚。每个黑夜降临的时候，这儿便是她们的天堂。

领舞的大姐年龄看上去约摸五旬左右。她上身穿纯白色的圆领衬衫，下着黑灯笼中长裤，一头粗黑的长发，随意地用塑料皮圈在头上绾成髻。她仰头站在广场中的平台上，伴着曲声舞起，甩手、旋腰、转腿，一举手一投足间，都满溢着青春的光彩。

台下的舞者，有风华正茂的少妇，有与我年龄相当的妇人，更有那举步蹒跚的老人。她们或衣着光鲜或粗布麻衣。但每个人的面容都如领舞大姐般，满溢着平和的笑，她们跟在台下，一板一眼，拉手搭肩，拥抱转圈，那认真劲儿毫不逊色于课堂学生。

我常常在晚饭过后，到广场散步。跟着一圈人站在舞场外围观。有时脚痒手痒了，也掏出两元钱钻进警戒线里活动活动。两元钱一晚的舞场，显然大家乐意掏。毕竟一套音箱设备是笔不小的开支，二来听说广场这角的夜场，领舞大姐也要适当地付些场地费。再说两元钱在小城也就是一支冰激淋的消费。工作一天后，能有专人带着教学跳舞，能这么开心地放松地蹦跶一晚，又何乐而不为呢？

慢慢地和领舞的大姐熟悉起来后，听大姐说，她已年过六旬。一时惊得我口瞪口呆，瞧她那笑靥，那玲珑的身段，咋看都不超过五十。

大姐爽朗一笑说，跳舞跳的。

我心一动。从此晚七点三十分高跟鞋踩着细碎的小步，也出现在广场的舞场了。

公司业务发展，安排我出了趟远门。一个月后，当我再次出现在广场时，曲还是那些舞曲，跳舞的年轻人多了。领舞的大姐已不在，一位束着马尾的女孩站在台上领跳，女孩青春漂亮，柔美的舞姿洋溢的满是青春。难怪台下陡然出现不少年轻的身影呢。一时，我感觉到了我那皱褶的眼纹重重地击痛了我的心。

大姐呢？她去哪呢？几次想开口询问，然而直到夜场临了散，仍未向女孩开口询问。只是在夜场散去后，在舞伴环卫工春姐的口中得知：大姐腿伤了。

之后的日子，晚饭过后，我又如从前一样伏在电脑上玩 QQ 游戏，或者一集集地跟着些无厘头的肥皂剧。到我发现腰身学跳舞时刚掉下的赘肉又多了一圈后，我猛吸了口凉气。

再次趿着拖鞋出现在广场时。远远地就看到一右一左一老一少两个身影在台上舞动。广场上的人明显地比以往多了。还有不少建筑工人也夹在其中，尽管此时他们衣着干净得体，但那饱经沧桑的面容，那黝黑的脸庞雕刻出的活名片，还是能让人一眼认出。他们夹着人群中，尽管姿势笨拙，尽管不时磕碰上周边的舞伴，但每个人的笑容都那么和谐而真诚。

十点半的舞场结束，一群人汗水涔涔正待散场。大姐瘸着腿下到台来，吆喝着大家到场边喝自家煮的免费凉茶。看到我，她热情招呼道，"小徐，快，来喝杯茶降降暑。"看着我诧异的目光望着她的腿，大姐呵呵笑说，

"半夜上厕所滑了，这不，刚好就上岗了。"又指了指身边的女孩，"我孙女呢。在飞机场地坪工作。我腿伤了后，丫头就自动请岗了。"

"您这一只脚都瘸了，明天还能跳吗？"我看了看自己脚下趿着的拖鞋问。

"跳，跳到老得蹦不动为止。"

捧着凉茶，我速转话题：收费才二元钱，还请喝凉茶，这能赚啊？

"赚，赚个乐呵，大伙乐呵，我也乐呵。"大姐爽朗的笑声又响了起来。

再次看了看自己脚下趿着的拖鞋，我的脸，陡地发红。（1427字）

K-one

导读：K是开会，one意味着开始。K-one，一个从开会而开始改变的地方，生性腼腆的孩子，你到底改变了什么？

每个黄昏，放假在家的侄儿习惯拖着我去步行街闲逛。每次路过K-one发型设计中心，常见一群潮发潮装的年轻人，分排站立在K-one店门前，听中间的人主持例会。围观的路人每次都很多，不时还会传来阵阵大笑。

我们姑侄俩也常在这家店中的黄昏半小时中驻足。

侄儿生性腼腆，在外人跟前从不言语，面对女孩子，话没出口，脸已胜似北国的红柿。都十八岁的大男孩，除去他妈和我这个年长几岁的姑姑，再不见他与其他异性要好，为此急得大哥大嫂常跺脚：这书呆儿，转眼都上大学了，脸皮还这般薄，这以后如何在社会立足？好在侄儿的骨子里也不乏有年轻人的时髦，他在打笑我的大嫂他的老妈老土落伍的同时，也从不忘记调侃我那留了多年的姑姑式长发该更朝换代了。

说得多了，听着的人心理自然有了变化。在又一个黄昏后，我拖着侄儿进了生意红火的 K-one。

进门的门廊间站着两位年轻漂亮的女孩，看到我们进来，双双鞠腰，两声欢迎光临清脆悦耳，我那不争气的侄儿脸色霎时通红，身子直往我身后钻。从我洗发到发型师落位，修剪卷烫造型约摸三小时的光景，他坐在我的身边，听发型设计师和我侃侃而谈，聊明星，聊时尚……到我的姑姑式长发换成了精短纹理烫时，望着镜子中的潮人，张大嘴巴的除了侄儿，当然还有我。

到家后，侄儿向我支支吾吾半天，我才弄懂他想用暑期所剩的一个月去做学徒。我上上下下打量着他，K-one 的职员举手抬足都自信得体，而和别人说话都不敢的侄儿，能行么？

侄儿说：姑姑，你做发型那天，我找店长谈过，他说，我能行。

我大笑：傻小子，人家哄你的学徒费呢，你还是好好温习功课以后考研吧。

侄儿撅起嘴嘟哝：人家才不要学徒费！

"可你这准大学生去学剪发，不是让人笑话么……"可我话没落，侄儿已没了踪影。

家中连日很清静，侄儿可能是生气不愿来找我了。一个人再次漫步走向步行街时，又碰上 K-one 的下午半小时例会，一位染着烟灰色头发的男孩子在讲课，他低着头说话，结结巴巴的声音我很熟悉，他在讲头发中的

守候一株鸢尾

一些日常护理和头屑生长原理，讲得有些拖拉，我这外行人都能感觉到，但他周围的同事听得很认真，不时还会发出真诚的掌声。几次掌声过后，男孩的头慢慢抬起，话头稠了，语调开始俏皮起来，手动作也跟了上来，在他转身那一瞬间，我暗嘘了口气，侧身躲进人隙中。

从此后的每个黄昏，不需理由，我悄悄地靠近步行街中的 K-one，远远地站在人群外听那群孩子轮流主课，谈着装，谈发式，谈时下潮流。那位染着烟灰头发的男孩子不时主持，只是他已不再结巴，虽是远远地，但我能清楚地看到男孩抬起的头，脸上自信的笑。

开学前夕，侄儿意外地来敲响了我的门，约我和他的朋友一起去夜市吃烤鱼。同行的男男女女十几人，侄儿得体地招呼着朋友，把我这姑姑也照顾得妥妥帖帖，一桌人边聊边喝，杯盘狼藉直到夜深兴足方离开。

我抬头望向侄儿，他那头烟灰色的潮发已成了短碎，脸庞微红，是那种酒后的醉红。

回家的路上，侄儿和我笑侃：店长那天说，K 是开会；one 意味着开始；K-one——一个从开会而开始改变的地方！姑姑，这一个多月，我没要工资，但——你猜，我领到了什么？

我轻笑：还用猜么？拉着侄儿的手，一路走向月色铺满银光的家。

洁　癖

导读：不是自己的劳动所得，不能伸手。否则，那双手就再也无法洗干净了。

地震过后，男人突然恋上了洗手。

以前他只是习惯饭前洗，饭后再洗。而现在他是白天洗，黑里洗，有时半夜躺在床上，头一分钟呼噜声像奏乐一般，后一分钟就一骨碌地爬了起来，急燎燎往洗手间跑。在洗手间里一杵就是老半天，一边搓一边冲，手掌手背，指缝指叉，沟沟旯旯都不放过。

她心痛得不行，地震时，男人被埋在断墙残骸中险送一条命。被人扒出来时满身是灰，腿也因此受了点伤。此后，这一带的水源又因为地震，被严重污染。以致后来好长的一段日子，她和大院里的人一道，排着队等着送水的车来派水。

每家每户每次只有三桶水，几日水车才能来上一趟。左邻右室都嚷嚷着说，滴水比油贵。每次她从瓮里舀出一瓢水，总会习惯地抖抖瓢。而男人，十天半月都难得洗回干净手。

震后重建的工作，政府早已落实到位。男人病好也早在审计局恢复了上班。昔日浑浊的污水源，经各地人民的义捐，早被重新净化成绿色水源。家中的水龙头只要一扭，自来水哗啦啦地能敞着口子流。男人也不知几时起，恋上了洗手。

她看着男人日复一日地洗，好几次，她的心就嘎嘎地痛得要命，目光碎成一缕一缕地投向男人。男人只是笑笑说，没事，只是感觉手中有些灰土，冲冲，心就安了！

她也曾私下里去医院问过，医生说，这属于洁癖，男人的情况可能是地震后遗症。

日子不紧不慢地在男人的指缝中搓过。男人还是喜欢洗手，一洗还是老半天。不洗时，男人倒是学会放下所有的应酬在家陪着她，看看电视上上网。男人的官虽是不大，但多少也带有个长字。这年头有长的应酬一茌又一茌的也是难免。从前想男人在家陪她，只是她的奢想。

中日钓鱼岛的纠纷在网上炒得纷纷扬扬的，她一日不落地趴在网上追看。有天，一条滚动的陕西"表"哥新闻，被她的鼠标无意中点了开来。她嘻嘻笑着，自顾自地对旁边的男人絮絮叨叨地说着"表"哥，说网友人肉搜索，从"表"哥的第一块名表搜起，慢慢搜到"表"哥的第六块名表。紧接着被纪委揪到"表"哥贪赃的证据。末了，她说，这些个网友也真是能啊，凭着对网友一块名手表的搜索，一下子就抓出一个大贪污犯。

等她把话说完，不经意间才发现身边早已不见了男人。洗手间里传来哗啦啦的流水声。

她轻轻走上前，看到男人又在狠命地搓着自己的双手。死死地对着洗手池的池壁搓着，搓得血溅了一地。

你怎么了？她急步冲上前叫道。

不是我！男人闻声倏跳，湿淋淋流着血的双手一下子就举上了头顶。男人高喊着，不是我！震后义捐的钱真的是他们硬塞给我的。

她一惊，恍悟过后瘫倒在地上。

后羿的葫芦

导读：后羿射日成为经典传说。后羿的葫芦你听说过没有？这只神奇的葫芦，读后，你肯定会和我一样惊叹不止。

远古时，德州城有一位姓武的老爹，年届五旬，无子无女，靠打柴捕猎为生，日子过得异常清苦。

一天，武老爹打柴回来，路过小溪时感觉口干，便放下柴担，想去小溪捧水喝。刚走到溪边，被什么东西绊了一跤，低头一看，原来是个翠葫芦。葫芦在地上滚了几下，蹦出一个男婴。武老爹大惊，看着这个一丝不挂的可爱男婴，转而大喜，盼了大半辈子，终于有了后裔，就给男婴取名后羿。

后羿自小聪明过人，他跟老爹学捕猎，学射箭，看到虫爬鸟飞，也跟着学。不周山的老神仙一次巡山时，遇上这个会飞会爬的孩子，喜欢极了，征得武老爹同意后带上山，教他学十八般武艺。临出师门，老神仙送给他一把斩妖剑，一条赶山鞭，又把后羿背上的翠葫芦取下来，每逢月圆之夜施法，七七四十九夜后，葫芦化作了变化莫测的神器，不周仙山的老神仙又耳授了秘诀。

后羿挥泪拜别师傅，回到家中，却不见武老爹。族人说："一只叫猰貐的怪物，每月十日溜进德州城抓百姓，抓到就一口吃了，武老爹就是惨死于这怪物之口。"

后羿赶去昆仑山，怒甩赶山鞭，挥着斩妖剑和猰貐大战了七天七夜，最后背上的宝葫芦化成神箭，一箭射中了猰貐的心脏。

忽一日，天上突地出现了十个太阳，地上的草木庄稼全被烧得枯焦，毒蛇怪兽四处横行，民不聊生。各地的百姓听说后羿能除妖降魔，纷纷前来跪哭求助。后羿一口气射下了天上作恶的九个太阳，又射死了凿齿、九婴、大风、封豨等民害，从此人间气候适宜，地上万物复苏，百姓生活渐渐安定下来。后羿也在家里广招门徒，传授武艺。

守候一株鸢尾

　　一个叫逢蒙的恶棍得知后羿有葫芦神器，对此垂涎三尺想据为己有。于是假意前来拜师，趁后羿睡着，用桃木大棒把后羿打死。当逢蒙抱起葫芦逃跑时，葫芦却碎了！逢蒙看着手中的破葫芦，一时恼羞成怒，狠狠地往地上一摔，葫芦立即碎成五块。逢蒙嫌不解气，抬起脚，正欲往碎片上使劲踩几脚，却见那碎片突地弹起来，绕着逢蒙直转圈，那圈儿越转越急，越转越乱，最后分别击向逢蒙的头、脸、颈和腹背，逢蒙当即七窍流血倒在地上，葫芦碎片随风飘上了天。

　　德州人知道了这事后悲伤不已，为纪念这位姓武名后羿的英雄，就尊了他的姓氏——武，把德州也叫着武城。

　　故事讲到这里，似乎也该完了，可谁能想到那五块葫芦碎片绕着德州城飘了几天几夜后，最后分别散落在五户人家的房前或者屋后，让人惊异的是——那碎片每落一户，便落地成井。那几家人看到这突来的井，开始百思不解，哪个都不敢近前，哪个也不敢打水上来喝，大家都怕是妖孽作的法，水里放有毒。

　　但多少年过去，这井水一直都很清，夏天走过井边凉凉的，大冬天井里还隐隐冒一层热气。有人胆大，就试着靠近井台小心翼翼地打了一些水来喂猪，结果人好好的，猪也好好的，而且猪还越发地长膘。而且他们发现，用这井水做的饼，很酥；井水煮的汤，很甜。

　　一张姓酒馆老板，用自家后院突地冒出来的井水试着酿了点酒，发现酒不但香而且味还醇。张老板把酿好的酒放到酒馆里卖，不几日就卖断了。张老板本是个见多识广的精明人，见此，他把自家后院翻盖成酒坊，并给自家酿的酒取名东阳好酒。很快，这酒名也随着酒香一样四处飘散，愈传愈远，不少将相王候，不远千里竟为了一品此酒赶来德州城。

另外几口甜井的主人听闻此事，也相继用自家的井水酿酒。于是，秅邑美酒、贝州状元红相继问了世。

很多很多年过去，到上世纪七十年代，张氏的一位后人，连着多日做着相同的梦，都与后羿的葫芦相关。第五个梦里，那葫芦的五块碎片竟自动拼合起来，复好如初。他拿过葫芦，里面竟然装满了酒。梦里他喝了一口，当即就醒了。他思量再三，于是联系到了另外四口甜井后人，五家人共商之后，决定酒坊也合五为一，并起了一个好听的名——古贝春酒。

至今，这酒在全国，仍至世界都负有盛名，卖得很火。不信啊？几时，你尝尝去。

主管是咱麦城人

导读：凡事都有底线，一再踩踏那条线，后果你该猜得到，而底线背后所隐藏的真相，却是你怎么也猜不着的。

兔子先生大学毕业后找过几次工作，都不理想，同学樱桃便介绍他来自己所在的天桥广告公司。

应聘前，兔子先生查了很多关于天桥广告公司的资料，详细了解了公司的发展史以及近些年的运作情况。为确保应聘万无一失，经樱桃同学建议，兔子先生又查阅了不少企业招聘时所用到的奇招怪招，比如在那些不起眼的墙角扔团纸，又比如在某应聘场前安排一位老太太摔倒等。

守候一株鸢尾

　　没想到这些招在应聘那天都没用上，负责招聘的客服部主管仅看了看兔子先生的个人简历，问了一些相关客服方面该应对的问题，就通知兔子先生下星期一来天桥公司报到。

　　比兔子先生早到天桥公司一个月的樱桃，听此喜讯十分高兴。她在祝贺兔子先生成功应聘的同时又说：兔子，我听说你所在的部门主管也是麦城人。难怪了！兔子先生听后心中一暖，对主管从此多了一层好感。

　　或许因为同是麦城人，主管对新来的兔子先生特别关照。上班第一天，主管亲自引兔子先生认识各部门的新同事，又仔细向他讲解工作要则。安排完毕，临走前，主管笑吟吟地拍拍兔子先生的肩膀说：兔子，有不懂的地方，欢迎随时来办公室找我。

　　或许因为主管的关系，兔子先生感觉同室的同事都对自己客气三分。兔子先生很开心，工作劲头很足，遇事自己能搞定就尽量搞定，实在搞不定也不愿向同事们讨意见，就径直找主管去。为此同室的芒果、鸭梨、柠檬都感觉兔子先生为人高傲，平日也很少搭理他，特别是身为小组长的鸭梨，多次明里暗里表示出对兔子先生的不满。

　　主管找兔子先生谈话，让他要与同事间和睦相处。兔子先生很生气，感觉鸭梨在故意打小报告整他，从此心里怀恨鸭梨。工作中，若遇上鸭梨和客户之间有分歧，他就快速地上前接替鸭梨的角色和客户沟通，沟通的结果无论好坏，都及时向主管报告。

　　主管很恼火，在她多次责怪鸭梨工作不力后，鸭梨愤然辞职了。

　　新来的小组长叫菠萝，是市场部升起来的资深职员。菠萝到职后，可能也听说了主管和兔子先生都是麦城人，菠萝为表达他对兔子先生的诚意，特地请他外出吃夜宵。两人经过几轮推杯换盏之后，兔子先生掏心掏肺地拍胸脯保证，一定会好好协助菠萝，做好客户部的工作。

而芒果，因为从前和鸭梨关系要好，兔子先生为此没少借故奚落为难他，但为了这份工作，芒果只有默默忍下来。

风平浪静的日子过了一段时间，工作稳定下来的菠萝似乎忘记兔子先生和主管都是麦城人，也不再请兔子先生吃吃喝喝。兔子先生很恼火，多次向樱桃抱怨菠萝过河拆桥，不把他当回事。樱桃听后，劝兔子先生应以工作为主，要他和谐同事。兔子先生就感觉樱桃和他不是一条心，慢慢地也疏远了樱桃。

一家大型保健药商想请天桥广告公司做筹划，主管让菠萝和兔子先生一起向客户制定一份创作指引。在筹划消费趋势上，菠萝和客户意见有了小分歧。菠萝本来是市场部提升起来的资深职员，对市场了如指掌，但恐客户日后为合理的收费和公司有纷争，就故意耍道小关子。一旁的兔子先生见状，再次上前接替菠萝的角色与客户沟通。只是这一接口，客户立即感觉被欺骗，于是一恼而去。好好的一桩生意就这样黄了。

当菠萝把手机录下来的谈话录音放在主管桌前，主管听完脸色发青，随后找来芒果问话，在菠萝的鼓励下，芒果把兔子先生的所作所为和盘托出，主管怒拍桌面，当场欲写辞退信。

兔子先生向主管求情，请同是麦城人的主管放过他。

主管叹了口气，没有说话。

兔子先生又去求樱桃，请她看在同学一场的份上帮忙求求主管。

守候一株鸢尾

樱桃说：兔子，我多次劝你，凡事都有底线，你不该一再踩踏那条线！我也求过主管。主管说，她本是土生土长的谷城人，只因多年前去过麦城。招聘那天看了你的资料，让她想起那贫瘠的麦城，又疼惜你这位农家考出来的大学生太不容易……

飞来的黑名单

导读：一不小心，一向守法经营的我，就上了信用黑名单！真是人在房中坐，祸从天上来。这个故事告诉我们，交友要谨慎啊。

当我查询社保时，被中山市社保局告知我已逾期欠费，一下子我就懵了。

这个田海明，我让他代缴的社保金时间没到他就会催。这下却让我的社保欠费了！我拨通了他的电话，"对不起，您呼叫的用户已关机。"

三年前因生意变动，我把美容院转给了邻铺的田海明，来了深圳。那份供养多年的社保和美容院一直就捆绑在一起，我每年会定时把社保金打入田海明的帐户请他代缴。除此外，我以为我和中山市不会再有任何关联的！

商业街40号的铺子，已不是当初的心怡美容院。店主是位三十来岁的妇女，经营着一家品牌内衣店。她告诉我，店是她三个月前从田海明手中转接来的。

我再次拨通田海明的电话时，里面传来的却是——"对不起，您拨的号码已过期！"

田海明去了哪里？没有人能知道。

社保局。从窗口递过社保卡，"您好，请问商业街40号原店铺已转出，捆绑在一起的社保在欠费，我该如何做？"

"刚查过您的社保号，的确是在欠费。您可以补费后把社保迁到您的现工作地，再供满七年就可以在退休后享受国家每月给您的医疗和养老保险了。"我心一阵窃喜，这政策真好，当时我离开中山没有退保真明智。

"那请麻烦您帮我补费并把我的社保转到这儿。"然而没容我推上相关资料，又传来工作人员的声音，"可这儿显示地税您是法人代表哦！您如果想转走社保得先到地税局注销完您的法人身份。"

我又懵了。三年前转让给田海明时，就特意留下我的身份证复印件，他也信誓旦旦地表示，一定会更改经营者姓名的。怎么这法人还是我啊？

犹疑地走进地税大楼递上身份证，说明了我想注销地税的意图后。工作人员输入身份证号码后看了我一眼说："请您上楼上205室找何科长，她正有事要找您。这身份证嘛，您稍后下来时再来我这拿吧。"

"这是怎么回事？"我不解地看着窗口的工作人员。

"上去您就知道了。"

走上二楼，轻叩开205室的门，一个带眼镜的姑娘招呼我坐下，"您好，我姓何。"接着她打开电脑，翻到商业大街40号那一行说，"40号已列入非正常的操作规程，您已欠下了半年多的税务，您的身份证号码现已进入信用黑名单。我们都在设法联系您，但地税这边没有您的联系方式。"

"我欠税？"我一时心急如焚忙拿出转让书分辨道：

守候一株鸢尾

"三年前我就已离开了中山市，美容院那时就转给田海明了。您看，您看，这是我们的转让合同呢。"

"这个情况我们也了解的，但法人还是您啊。按国家税收制度，欠税是应该由法人来偿还的。要洗清黑名单也得先缴完税金。"

我深吸了口气，莫明其妙就多了半年的捐税，狗日的田海明还真不是东西。一时心中好些恼怒，正欲发作，又想到已交了八年的社保，如果这次能顺利转到深圳，再续上七年，我老后的医疗，养老都有保障了。想到此，我一咬牙说："好，我交！请算算这半年多的税金是多少？"

"请稍等。"

三年前我营业时税金是每个月 800 元，算算半年来该是 4800 百元左右。为了清白，也为了那份社保，以后就省着点花吧。转头这样一想，心又松了不少。

"您好，徐小姐。您名下的心怡美容院前后一起欠税近七个月。"何科长看了看我，见我点了点头接着说："近三年中税务调整过两次，这有文件请您过目。现在您的税金是每月 1200 元计算！因您逾期缴交社会保险费和地税各半年，按广东税收政策，将处以您 5000 元的罚款，加上您原社保七个月所欠的每月 220 元，一起您应付 14940 元。"

"14940 元？！"一股寒意从我的后背陡然升起，我跄跄踉踉地站起来碰翻了椅子，颤抖着声音问道，"如果我拒付呢！"

"您的身份证号码会永远留在信用黑名单中！"

化　妆

导读：神话一般的母爱，现实中却不乏这样的神话，触碰着人们每一根律动的神经，温暖感动。

赤木勒群山脚下住着一位叫托拉的寡妇，她每天化着浓浓的艳妆，在别人奇怪的目光注视下，独自带着儿子，靠牧牛养羊维持母子俩最基本的生活。偶尔，也能得到山外亲戚的一些接济。

事情也起源于亲戚家的一场婚宴。

那天托拉带着刚刚十岁的儿子去参加婚宴，返回时天突然刮起了风，阴沉沉的雪风裹挟着残叶把天幕拉得极低。亲戚一家再三挽留，但托拉不放心家里的牛羊，她担心雪落的时候，牛羊因无人照管而跑掉。年长的亲戚听闻后执意要随行护送，托拉推辞不过，于是一行三人往赤木勒的深山里行进。

行至半山，一阵呼啸的雪风狂卷过来，三人躲避不及同时滚落山底。

当托拉醒来时，发现自己还活着。天上的雪已经停了，难得的还有一丝阳光冒出来。同行年长的亲戚躺在离她不远的地上，身上血迹斑斑。托拉挣扎爬起来抱着亲戚，轻拭他的鼻子，已没了呼吸；翻翻他的眼睛，僵僵的。托拉吓坏了，忙趴在亲戚的胸口听，已经没有了心跳。托拉抱着亲戚的遗体大哭起来。哭过后她想起儿子，慌了，忙放下亲戚，大声地呼唤儿子的名字。

"妈妈，我在这。"儿子微弱的声音从身旁传来。周围静静的，托拉又一次大声呼喊儿子的名字。"妈妈，

207

守候一株鸢尾

我在你面前。"儿子的声音又在她旁边传来。

托拉擦擦眼睛，终于看到眼前一团雪白的淡淡光晕，光晕里隐约能看到儿子向她招手。托拉扑向光晕，却传来儿子痛苦的呻吟声。

"别碰他，他成了隐形人！"一个声音从空中传来。

"你是谁？隐形人是什么？"托拉惊问，那个声音又从地上响起："我是宇宙里的觉悟者。人可以面对阳光、雨雪、还有空气，只要掌心向上朝阳，就会出现红脉纹状的生命体征线。"托拉把自己的手伸向阳光，果然掌心真有一条清晰的纹脉线。看到光晕里日渐清晰的儿子，她欣喜地想拉起儿子的手看，儿子痛苦的呻吟传来，光晕里的人像急剧消褪，儿子的影子越来越模糊。

"为什么会这样？"托拉痛苦地问。

"忘了告诉你，隐形人只能在光晕的护体里生活，如果受到外力的冲撞，他会形成透明状！你刚刚拉他时着了力，伤到了他护体的光晕，如果你再次伤到他，他会从现在的隐形人褪去，然后像气体一样彻底消失在这个世界。"觉悟者说。

"求你了，你能救他的，一定能的，对吗？"

"这个我无法帮你，我唯一能做的，就是可以让时间倒退到你们跌落前的一刻。但是，你们三人中，只有一个平安，一个人会成为隐形人，也将注定会有一个人永远躺在地下！你的亲戚年事已高，你确信真的考虑好了吗？"

"不！不能……"托拉痛苦地摇摇头，她看着地上僵躺着的亲戚，捂着脸泪流满面。"如果一定要这样，那么，请把我换进光晕里吧！"

"这是命数！当然，如果隐形人得到好的守护，可以慢慢褪去光晕，直接转为人。"觉悟者说完，声音也消失了。

托拉放声大哭，光晕里传来儿子剧烈的击打声。托拉转头时，发现儿子的影子在扭曲、模糊。她大惊，停了哭，轻轻地呼唤："宝贝，宝贝，妈妈现在需要你！妈妈以后同样的需要你来陪伴！"托拉指了指雪地上的亲戚，示意儿子帮忙指个好地方安葬。光晕里的儿子慢慢安静下来，他看着托拉，手指伸向不远处雪化后的空地。

把亲戚掩埋好后，托拉小心地领着光晕里的儿子，一步步往赤木勒深山的家走去。

托拉还会和从前一样装作若无其事地跟儿子说笑，请儿子帮忙照看牛羊，只是每一天起早，她会对着镜子细细地涂抹粉脂，在脸颊的酒窝处刷腮红，然后描上弯弯的新月眉。因为儿子说，她的眉像极了天上弯弯的月亮，酒窝里的那点红，又像极了月光下水塘里的红鲤鱼……只是随着年岁增长，托拉化妆的时间越来越久，腮红在满是皱褶的脸颊上常常被涂得东一块西一块，为了遮盖这些皱褶，托拉抹在脸上的粉脂也不得不厚实了很多。

儿子的模样在光晕里越来越清晰，到最后一层光晕褪下，他已是一个壮实的大小伙子。托拉摸着隔着一层光晕生活了三十年的儿子，尽管他在光晕里生长是那么缓慢，但却是那么高大那么俊朗。托拉以为自己早已干涸的泪水一下就涌出了眼帘，刚擦去，新的泪水又来了。一旁的儿子拥抱着托拉开心不已，当他转头亲吻妈妈时，诧异地望着不停抹泪的托拉："妈妈，你的脸……"

托拉一怔，她摸着自己的脸，忙扑向镜前——化了三十年的浓浓的艳妆刚被泪水冲去，还原了她那日渐苍老满是皱褶的容颜。儿子浑厚的男音早带着哭腔……

信　任

导读：因为信任，我借钱给了你；也因为信任，我把房产证留给了你。在信任严重缺失的今天，这篇文章揭示的主题，值得深思。

雨云轩茶庄的老板娘刘娟，很喜欢听那类很怀旧的黑胶唱片，为此不少爱好相当的朋友常来她的茶庄喝茶听歌。她的大学同学秦芳是来得最勤的一个。

秦芳每次到来，都是全身名牌，开着豪车，请刘娟去她丽景园的复式楼做客，那金碧辉煌的装修把刘娟的眼睛晃痛了很多日。据秦芳自己说，她一直在做贸易生意。

忽一日，秦芳约刘娟吃饭。平素她们同学也常聚会，但当刘娟随秦芳走进福满楼海鲜城时，还是怔了——精致的包间仅秦芳和她两人。倒是秦芳，谈笑依旧，把刘芳爱吃的基围虾殷勤夹了一碗。

刘娟说，"老同学，你这就见外了，如有需要，直说无妨。"秦芳停下筷，沉思了一会后很严肃地说，"我还真有事和你说，我那公司呢，最近周转有点小困难，想向你暂借三十万元应应急，时限一个月，到时我按市面利息连本带利还你。就这事！"秦芳点点头。刘娟噗嗤一笑，"咱们是同学，多年情如姐妹，这点小事，直接在我店里说就好，还搞得这么隆重做啥？什么利息不利息的，明天我取了给你就是。"

席间，两人心情极好，风卷残云扫完一桌海鲜。

此后，秦芳不时也来雨云轩玩，一起听那类很怀旧的黑胶唱片，只是次数相对少了很多，每次来，也是心事重重的。

转眼两个月都过了，秦芳也没把钱还上。倒是每次见面，她主动记着欠钱的事。"啊呀，娟啊，最近周转实在困难，迟些天我还你，拖欠的日子，我按行市利息付。"刘娟也就每次都笑笑说，"没事，没事，咱们是同学，再说你一大老板，我不怕你跑了。"

转眼又同学聚会，秦芳照例名车名牌赴宴。席间，与以往的例行聚会一样，秦芳还是同学圈中的焦点。点菜时，周到地招呼大家：随意点，随意点，今天一切费用照样算我的，给机会你们宰都别客气。哪天我破产了，我来专吃你们的。一桌子嘻嘻哈哈地大笑起来。

刘娟一直想把雨云轩再重新装修一番，只是资金短缺。席间几次想问秦芳，感觉场合不对，没好意思开口。

宴席结束，刘娟终于逮上机会，她向秦芳提了想重新装修雨云轩的事。

秦芳沉默了一会，说，我一会开车送你回家吧！

可是临到刘娟下车，秦芳还是没有提还钱的事。只是在刘娟下车时，她取出一只包装漂亮的盒子递过来，说：这是朋友从国外带回的黑胶唱片，你回家后一定记得拆开听。

刘娟回到家，想起秦芳聚会时大手大脚花钱，对欠她的钱，却缄口不提，感觉心里堵塞得慌，随手把黑胶唱片连包装盒一起扔进柜子里。

聚会不久，因为再次惦念着装修，刘娟想再找秦芳谈谈。打手机，暂停服务；去秦芳家，敲门无人答应。刘娟只得东挪西借，把雨云轩重新装修了。

钱借出近半年，秦芳还是杳然无信。刘娟感觉很不对劲，再三思忖，决定拉下脸去趟秦芳的贸易公司看看。

守候一株鸢尾

因为早前随秦芳来过，径直就去了秦芳租来做贸易的那层楼。公司办公室紧锁着，大楼门口保安说，这家放贷公司好长一些日子都是关门的。听说老板生意上与人产生债务纠纷，人去外地躲债了。

刘娟大吃一惊，喘着粗气忙往秦芳家赶。

秦芳家大门紧锁。隔壁走出一位妇人，听说找秦芳，邻居说：房主因债务纠纷，被请进看守所了。刘娟听后，感觉后背阵阵发凉——她错信秦芳了。越想越感觉到心慌胸闷，身上痛痒难受，挠了几下，疹子瞬间密密匝匝爬满手臂，连指叉，指甲缝都是。

急诊室，医生说是过敏。肌肉注射地塞米松，口服盐酸西替利嗪片后多日，刘娟手上的红疹越发严重，指甲挠过的血痕一道道触目惊心，严重的地方在开始发炎化脓。刘娟内忧外急，病越来越严重，因过敏源不详，只得住进了医院。

转眼冬天来临，身患痒症的刘娟无心经营雨云轩茶庄，只得低价转了出去。一日在家整理房子，无意中翻出秦芳给的一直忘记拆封的黑胶唱片，才打开外包装，刘娟懵了——黑胶唱片外包裹着一本暗红色的房产证，内夹着一张字条：娟，一拖这么久！当你的面，我实在开不了口。我的经济遇上困难了，如信我，房产证让我放进银行抵押，先渡过这坎，如……房产证你暂留着吧！

无人等待

导读：通过在虚实空间中的不断变换，表现女主人公理想与现实、精神生活和物质生活的落差，准确地捕捉了当代社会特殊群体中"空巢"女人的情感迷乱与精神扭曲状态，并期待通过作品引发社会关注。这篇小小说的妙处，在于作者巧妙地让鹦鹉的恩爱和主人公的情感孤独相映射，让相同的境况不同的命运交织冲突，让读者的悲悯情绪油然而生。

　　我告诉花鸟店的老板，为我的一对鹦鹉准备一场豪华婚礼，并请她帮忙准备好婚礼所需的一切。

　　我要选一个黄道吉日，在芈城最好的维也纳大酒店里，宴请我所有的至亲好友，点酒店里的招牌菜金玉良缘黑椒天鹅肉，鸳鸯比翼芙蓉蟹，还有那锦上添花大漠鹿……我算了算，暂且打算摆五十桌吧。

　　但事实上，我没有这么做。我只是打电话请花鸟店的老板帮我订制了一套婚纱，一套礼服，还有一只做工相当精致的金属鸟笼。

　　花鸟店的老板打电话告诉我货到时，我那会正沉湎在电影剧情中擦眼泪。

　　是的，我喜欢看电影，一部电影就是一个人生。看别人的人生，想自己的故事，然后边看边笑或者哭。为了方便，除开通会员线上电影，我还是数家地下影网的忠实影迷。

　　我细心地为红肿的双眼小心化了层妆，就去了花鸟店，为那只叫翠翠的母鹦鹉穿上我所喜欢款式的白婚纱，为那只红尾的公鹦鹉穿上了那个他喜欢的黑色燕尾服。在帮红尾给翠翠的小脚套上戒指那刻，我心中满满都是幸福感。

　　这对新婚房客的到来，我的目光慢慢地从电脑屏幕转向了鸟笼。第一天，鸟笼的横梁上，不是翠翠扬着尾巴跳叫着逐红尾，直把红尾撵至笼角才罢休，就是红尾整个身子霸着鸟粮盒不让翠翠近身半点。

我焦灼的心随着嘀嗒嘀嗒的钟声一起，陪它俩度过了漫长一天的婚姻磨合期。

第二天，翠翠再撵赶红尾时，红尾不再是扑腾着翅膀，它伸出红红的喙舔吻翠翠的身子，低头用脖子掣翠翠的肚子。这样转变的结果，是它们双双站在食盒边，把鸟粮啄得像溪流般外淌。

我开始有意识地教翠翠喊"老公"，教红尾喊"老婆"。我教的时候，它俩都不理我，彼此望着对方，目光紧紧纠缠在一起，不时伸出红红的喙轻轻在对方颈脖上摩挲。这时的翠翠，会把头轻轻地一脸娇羞地放在红尾的脊背上，任我的嘴唇一张一歙地说个不停。

我盯着这对鹦鹉，它们的恩爱让我酸溜溜的。

说不清是嫉妒，还是恶作剧，我拿起一截小棍，把翠翠倚在红尾颈上的头拨开，翠翠被我突来的动作惊飞。红尾不满地扑打着翅膀朝我尖叫，叫完飞向站在底垫的翠翠身边，伸出自己的喙轻轻为翠翠梳理它凌乱的冠毛。

红尾的举动彻底惹恼了我。亲手筹办一场婚礼，是我多年的梦想，它们的一切拜我所赐，现在怎么可以视我作透明，如此在我跟前大秀恩爱呢？

我决定掐死这对鹦鹉中的任何一只。理由是他们为什么要在我面前秀恩爱？我恨他们，我不能容忍这一切。

我伸手进笼子里一把捉住翠翠，把它的小身子倒扣在鸟笼的底座里。一阵急促的尖叫声响起，红尾扬着红尾巴叫"老婆，老婆"，翠翠小小的身子在我手心掐着，脚拼命抓蹬，爪子上的戒指沁出一缕缕血丝，扑腾几下后翠翠不动了。红尾拍打着翅膀在笼子里跳来跳去，伸出红红喙吻翠翠的羽毛，抬头望着我一言不发，我伸过去的鸟粮，被它粗暴地用爪子泼洒一地。

红尾也走了，它僵冷的小身子躺在精致的鸟笼里，红色的尾巴夹进笼子的底座下——那是翠翠离去时的姿势。

但事实是，我并没有那样做，这一切都只是我想的。

我只是看着他们不停地为彼此整理羽毛，用喙亲吻，我并没有伸出手去动它们一根羽毛，更没有掐死它们其中的任何一只，我只是为他们添了些食，加了点水。

我对两只鹦鹉照顾得更精心，陪它说话，给它唱歌。让我意外的是，它们开始乖乖地望着我，听我说话，听我唱歌。有时它们也叽叽喳喳地叫着"老婆""老公"，唱着我教的"你是，一只，等待千年，的狐……"回应我。我喜极而泣。

天色渐渐暗了下来，我掏出手机突然想向那个他打个电话，我怕太晚给他打，他已不方便接听。我太想告诉他，他送给我的鹦鹉已经会说话会唱歌了……

你也一定认为我还会一部接一部地看电影，每天沉浸在别人的喜怒哀乐里默默流泪，然后每月去街角的银行取回我高额的生活费，继续着遥遥无期的等待吧？

但事实是，我只是删除了一个号码而已。

仅此而已。

被囚禁的夜鱼

导读：每个人都是人海中的一条鱼，每条鱼，都想肆意畅游，随心所欲。可是，现实能行么？

守候一株鸢尾

　　他一天到晚都有采不完的稿，编不完的版。劳累一天后，他喜欢一个人开着车，尾随在如织的车河里吹吹风，溜达溜达。

　　她经常在电脑前加班绘图，数着每月薄薄的钞票。加完夜班后，喜欢沿街面走走，然后坐在某棵树或者路边的花坛上，抬头看灯，街面的路灯，店铺的霓虹灯，写字楼透出来的日光灯，一盏接一盏。

　　在各自的朋友圈里，他们早听过彼此的名字。却因这样那样的原因，不曾谋面。

　　那次讲座，他原是陪朋友来参加的。讲座结束，朋友笑嘻嘻拉着她的手一齐上了他的车。看着这个文静的女孩，他笑笑算是招呼。只是一趟顺风车，本来也只是一趟顺风车嘛。哪知朋友突地拍着他的肩膀说："金哥，介绍你们认识认识。这是美清，康美清，上次你用的小印花图插就是她画的。"好年轻的才女！他心中暗自叹息，从后视镜里多望了几眼。

　　朋友又指了指他："美清，这是金哥，向你提过的。"她颇是吃惊地打趣："真年轻，那么老道的文字，我一直以为金哥是位五十岁的老头子呢。"

　　就这样见面了。

　　一路聊的很好，到发觉岔过道时，车载导航导不上，只得边行边停车问路，一番绕东跑西颠下来，原本半小时的时程，最后跑了两小时。下车时，他有些难为情地抱歉："对不着了康小姐，捎你坐趟反风车。"

　　她笑："免费游了灯河，谢你还来不及呢。"

　　"灯河？这一片只是写字楼呢。"他奇怪地问。

　　"这些写字楼里的白领大多和我一样，短暂地属于这，但他们加班加出来的灯光，点亮了城市的精彩，也时时温暖着我啊。"

他心一暖。冲口而出："那改天请你游车河看灯吧。"

她抿嘴笑了笑。

回来后，互加QQ，算是彻底认识。

他还是喜欢游车河。她还是喜欢夜复一夜地在夜灯下转转。只是他会有意无意地溜上她工作的永福路一带，在那些或明或暗的灯光里，她孤寂的影子独坐一隅，任不远处永福广场传来的夜风撩着头发，对面的夜市人来人往，车来车往，她视若无物。多么奇怪的女子，小小的人，小小的个子，这么年轻，却一腔的心事。他叹着，突地有了想走近的想法。

再外出时，他那一直站在门边的妻突地开了口："永福路那女孩很漂亮！"

"你跟踪我？"他有些恼怒。

"你？完全没这必要。对了，没有鬼，你紧张什么？"他的妻冷冷地说："我不过是跟同事在夜市宵夜时碰巧看到。"

他萎萎地折回头，倒在沙发上。妻扬着嘴角，看着他似笑非笑。坦坦荡荡，我怕什么？他腾地站起来，语气带了情绪："你一直对我冷嘲热讽，有意思吗？"他的妻再次扬着嘴角，冷着脸"啪"地一下关门进了内屋。

他无力地跌坐在沙发上，眼望着天花板。久久后，他长叹口气，转身出了门。漫无目的转一圈后，他还是上了永福路。

她还在。这次她坐在永福广场的草地上，抬头望着远方，偶尔抬腕，看表。等人吗？他有些奇怪。本来想下车的脚还是收了。他把车停在离她100米的地方。眼睛追随着她的目光，抚过广场对面一盏接一盏的夜灯，心开始一阵接一阵地潮起来。在这个城市多年，璀璨的灯光，繁华的都市，除了那日复一日赶不尽的稿子，妻

守候一株鸢尾

那张永远上扬着嘴角的冷笑，城市又何时属于过他呢？

对面的夜市终于散去，她慢慢站起来。等的人不来了吗？他轻轻发响引擎跟在她身后。车灯一路照着她通过那段昏暗的闸口，她的影子在地上拉得老长。闸口边。她停下来，侧转身，他以为她会回头，或者对他招呼声。只是片刻，她迈开大步向小区走去，清瘦的后背很快转入巷口，消失在他的视线里。他轻叹了口气，放下手刹，向后掉头。

这个城市，又一尾夜鱼消失在如织的车河里。